ジーナ
Gina
専属メイド。
猫好き。
マーサ
Martha
専属メイド。
甘いもの好き。
トリスターノ
Tristano
お世話係＆三種のスキルを
使いこなす研究員。
マルクスフォート
Marxfort
第二騎士団副長。
サージェント辺境伯の令息。

グレンアーノルド
Glenarnold
賢者級のスキルを持った鑑定士。
チェルシー
Chelsea
新種のスキル
【種子生成】に目覚めた少女。
エレ
Ele
精霊王。
普段は子猫の姿。

「じゃ、やってみるっすよ」
わたしはトリス様の言葉に頷くと、つぶやいた。
「種を出します――【種子生成】」

Author
みりぐらむ
Illustrator
ゆき哉

もくじ

プロローグ …… 003
1. 初めての馬車 …… 022
2. 王立研究所 …… 046
幕間1. グレンとトリス …… 065
3. 魔力切れ …… 070
幕間2. マーガレット …… 079
4. 魔力の総量の増やし方 …… 089
5. お休みの過ごし方 …… 104
幕間3. マルクス …… 121
6. 精霊樹の種 …… 126
幕間4. グレンと精霊王エレ …… 145
7. 暴　走 …… 149
幕間5. グレン …… 159
8. バラ園でお茶会 …… 166
9. 公爵様の願い …… 180
幕間6. グレンとマルクス …… 193
10. 国王陛下への謁見 …… 197
11. 二度と家には帰りません！ …… 214
エピローグ …… 236

番外編

1. 宿泊体験 …… 248
幕間 グレン …… 267
2. 一安心 …… 271
3. お土産 …… 281

プロローグ

I'll Never Go Back to Bygone Days!

わたしの名前はチェルシー。

ユーチャリス男爵家の双子の姉で、『出来損ない』と言われている。

夜明け前、まだ真っ暗な時間にわたしは粗末なベッドから起きる。

そして、ところどころ穴の開いたボロボロの古着に着替えると、屋敷から少し離れた場所にある今にも崩れそうな小屋から出る。

それから、物音を立てないように気をつけながら、母屋である屋敷中の掃除をする。

貧乏な貴族家だったら、令嬢でも掃除をすると思う。

でも、うちはそこまで貧乏じゃない。

わたし以外の家族の身の回りの世話をするメイドだっているし、専属の料理人だっている。

家族はいつもきれいな服を着て、おいしそうな食事を食べて、楽しそうにしている。

どうして同じ家族なのに、姉のわたしだけがボロボロの服を着て、ろくな食事も与えられずに、掃除をさせられているの？

一度だけ、それを母に尋ねたら、歪んだ笑みを浮かべながらこう言った。

『あなたは本当に不細工で出来損ないで、ユーチャリス男爵家にはふさわしくないの。このままでは、将来どこにも嫁ぐことなんてできないわ。だから、今のうちからメイドの仕事を覚えさせているのよ。まったく、そんなこともわからないなんて、もっと厳しくしつけないといけないわね』

そう言われた日から、母のことを『メディシーナ様』、妹のことを『マーガレット様』と様付けで呼ぶこととなり、少しでも間違いを起こせばお仕置きと称してムチで打たれるようになった。

お父様とは、もう何年も顔を合わせていない。

仕事で長いこと家を空けているようで、たまにしか帰ってこない。

帰ってきたとしても、わたしはメディシーナ様から小屋から出ないように言いつけられているので、お父様とは顔を合わせることはない。

裕福な時代に建てた先祖代々の屋敷なので、部屋の数はとても多い。

そのすべての部屋を一人で掃除していると、いつもお日様は昇りきってお昼近くになってしまう。

なんとか掃除を終え、すぐにキッチンへと向かった。

夜明け前から何も食べずにずっと掃除をしていたから、お腹がぐーぐーと鳴っている。

キッチンには料理人がいたけど、首を横に振られた。

料理人はメディシーナ様の命令で、わたしの分の食事を用意しない。

以前はこっそりと用意してくれていたけど、見つかってしまって、わたしだけが罰を受けた。

料理人はわたしだけが罰を受けるのに耐えられなくて、作るのをやめた。

その代わり、誰かの食べ残しを取っておいてくれるようになった。

それなら、わたしのために作ったわけじゃないから怒られない。

さきほど、首を横に振ったのは、今日は誰も食べ残さなかったという意味。

つまり、今日はわたしが食べられるものはないということ。

はぁ……、お腹すいた……。

わたしは小さくため息をついたあと、お腹いっぱい水を飲んで、キッチンを出た。


「やだぁ、なんであんたがこんなところにいるのよ！」

廊下を歩いていたら、前のほうからヒステリックな声が聞こえた。

声の主は妹のマーガレット様。わたしのことを、ゴミを見るような目で見ている。

マーガレット様は、母であるメディシーナ様譲りの少しくせのある炎のように真っ赤な髪と瞳をしている。肌も真っ白で、傷ひとつない。

世間ではルビーのような瞳というのだと、マーガレット様は言っていた。

対して姉のわたしは、根元は薄桃色だけど、他は汚れがこびりついて灰色にしか見えない髪と、ぎょろっとした大きな紫色の瞳をしている。肌はガサガサだし、ムチで打たれたり蹴られたりしているせいで、全身に切り傷や打ち身、傷あとなどが多くある。

さらにマーガレット様よりわたしのほうが頭ひとつ分くらい背が低い。

双子というのは似たような容姿で生まれてくるものだと、メディシーナ様専属のメイドと料理人が話しているのを聞いたことがある。

わたしとマーガレット様は双子のはずなのに、まったく似ていない……。

どうして似ていないの？　本当は双子ではないのでは？

尋ねてみたかったけど、ムチで打たれるのが怖くて聞けなかった。

「あら？　本当ね。どうしてこんなところに、不細工で出来損ないでユーチャリス男爵家にはふさわしくないあなたがいるのかしら？」

マーガレット様の声が聞こえたようで、メディシーナ様も廊下に現れた。

わたしはすぐに廊下の端へと寄って、地面に膝をついた。

メディシーナ様の前では、決して顔を上げてはいけない。

目が合うとムチで打たれるから。

「そうそう、今日は庭の手入れもしなさい。わたくしのかわいいマーガレットちゃんはサンルームでマナーのお勉強をしましょうね」

メディシーナ様はそう言うと、マーガレット様を連れてサンルームへと歩き出した。

今日は普段よりも機嫌が良いようで、ムチで打たれることはなかった。正直ほっとした。

去っていく二人の背中をこっそりと覗き見ていたら、だんだん暗い気持ちになった。

メイドや料理人、庭師のおじいさんの話では、わたしはメディシーナ様が言われるほど、不細工でも出来損ないでもないらしい。

それなのに、妹のマーガレット様は貴族としての扱いを受けて、姉のわたしはメイドのように働かされる。

どうして、わたしだけ……？

また昔みたいに尋ねれば、ムチで打たれるだけで納得のいく答えが出ないことはわかっている。

わたしは泣かないようにきゅっと唇をかみしめると庭へと向かった。


庭の雑草は好き放題に伸びていた。

去年までは庭師のおじいさんがいたけど、流行り病で亡くなってしまった。

庭師のおじいさんは、『出来損ない』と言われているわたしに、生きていくのに必要なさまざまな知識を教えてくれた。

そのおじいさんが使っていた草刈り用の鎌を持って、門に近い場所から丁寧に雑草を刈っていく。

そこから徐々に玄関近くまで刈っていったところ、足音が聞こえてきたのでさっと近くの低木の陰へと隠れた。

どうやらお客様が来たらしい。

青い布飾りのついた白いローブを着た女の人と、同じローブのフードを目深にかぶった男の人。それから片方の肩に小さな黄色いマントを付けた騎士が四人。門をくぐって、玄関へと向かっているみたい。

途中でフードを目深にかぶった男の人が足を止めると、じっとわたしが隠れている低木へと視線を向けた。

『あなたのような出来損ないは、お客様のお目汚しになるから、決して見られてはいけない』と、メディシーナ様からきつく言いつけられている。

見られた場合は、普段よりも恐ろしいムチ打ちが待っていることは経験済み。

わたしは目をつむりながら、両手をぎゅっと組んで祈った。

どうか、見つかりませんように……。

すると女の人の声がして、足音が遠ざかっていった。

ゆっくり目を開ければ、フードを目深にかぶった男の人は、もうこちらを見ていなかった。

ほっとしている間に、お客様たちは玄関についた。

女の人が姿勢を正したあと、玄関にあるドアノッカーを鳴らす。

すぐにメディシーナ様専属のメイドが現れた。

「どちら様でしょうか？」

「私たちは王立研究所から派遣された者です。ご依頼の件で伺いました」

「確認してまいりますので、少々お待ちください」

メイドはそう言うと一度、屋敷の中へと消えた。

しばらくすると、メイドと一緒にメディシーナ様が現れた。

「お待ちしておりました！　どうぞ、中へお入りになってくださいませ」

メディシーナ様はよそ行きの笑みを浮かべて、お客様を家の中へと案内していく。

ご依頼の件ってなんだろう？

気になるけど、中に入ることはできない。

それにサボったら、ムチ打ちが待っているので、草刈りをつづけることにした。


玄関付近は終わったので、次は屋敷のそばを……。

きっと、お客様たちは屋敷の東側にある応接室へと案内されるはずだから、玄関を挟んで反対側、西側にあるサンルームの近くなら、見られることはないはず。

そう思って、サンルームの近くの草を黙々と刈っていたら、なぜかお客様たちが移動してくるのが見えた。

どうして、サンルームに？

そう思いつつも、急いで近くの低木の陰へと隠れた。

うまく隠れることができたけど、ここからだとサンルームの会話がはっきりと聞こえてしまう。

もし見つかったら、盗み聞きをしたとして、ムチで打たれるに違いない。

今さら別の場所へ隠れることもできないので、見つからないようじっとしていることにした。

「王都からわざわざお越しいただき、ありがとうございます。わたくしはユーチャリス男爵の妻、メディシーナでございます」

メディシーナ様からは緊張した声が聞こえてくる。

今回のお客様はよほど身分が上の人たちなのかもしれない。

「こちらが先日、十二歳の誕生日を迎えた娘のマーガレットですわ」

「初めまして、ユーチャリス男爵の娘、マーガレットでございます」

まるで娘は一人しかいないという様子に、ため息が出た。

わたしとマーガレット様は双子で、メディシーナ様は母で……血のつながりがあるはずなのに、ないものとして扱われる。

義理の母だったら、諦めがつくのに……。

「このたびは十二歳の誕生日を迎えられましたこと、まことにお祝い申し上げます。私は補佐官のアデライン、こちらは国の認定を受けた鑑定士のグレン様でございます」

低木の葉っぱの隙間から中の様子を覗いてみれば、補佐官のアデライン様はその場で、貴族らしい挨拶をしていた。

隣に立つ鑑定士のグレン様はフードをかぶったまま、軽く頭を下げただけで何も言わない。

その様子にメディシーナ様は一瞬顔を引きつらせ、マーガレット様はあからさまに嫌そうな表情を浮かべた。

挨拶が済むと四人はソファーへと腰を下ろした。

騎士たちは、アデライン様とグレン様が座っているソファーの後ろに立っている。

いつも、メディシーナ様の身の回りの世話をしているメイドが、緊張した面持ちでテーブルに紅茶やお菓子を並べ始めた。

お客様は全部で六人。

たくさんいらっしゃるのだから、もしかしたら誰かが食べ残してくれるかもしれない。

わたしは淡い期待を抱きつつ、ぐーぐーと鳴るお腹を押さえた。

「まずは、お嬢様のために説明させていただきます」

アデライン様は、テーブルにある紅茶やお菓子には見向きもせず、説明を始めた。

この世のすべての人は十二歳の誕生日を迎えると、スキルといわれる特殊能力に目覚める。

スキルの種類はさまざまで、有用なものから、無意味なものまで幅広く存在する。

有用なスキルは武術系・魔法系・技術系・特殊系という四種類に分けられていて、さらに五段階のレベルが存在する。

レベルが高くなるほど制御が難しくなり、きちんとした訓練を行わずにいると、暴発・暴走して周囲に被害を及ぼすことがある。

そういったことを未然に防ぐために、十二歳になるとどういったスキルに目覚めたかを鑑定して、場合によっては、王都にある王立研究所で訓練を受けることになっている。

王侯貴族は平民と比べて、有用でレベルの高いスキルに目覚めることが多いため、国の認定を受けた鑑定士にスキルを鑑定してもらうことが義務付けられているそうだ。

「それでは、これよりどういったスキルに目覚めたのか鑑定させていただきます」

アデライン様はそう言うと、カバンから分厚い本と帳簿のようなものを取り出して、グレン様に向かって大きく頷(うなず)いた。

グレン様は小さく頷き返すと手を組み、真正面に座っているマーガレット様へ視線を向けた。

しばらくすると、グレン様は小さく首を傾(かし)げて、隣に座っているアデライン様へ耳打ちし始めた。

アデライン様は何度かコクコクと頷くと、帳簿のようなものを開いて調べ出した。

紙をめくる音だけが響く。

鑑定結果を教えてもらえないため、マーガレット様はだんだんと不機嫌な表情になっていった。

一方、メディシーナ様は、期待に満ち溢(あふ)れた表情でグレン様とアデライン様を見つめている。

「あの！　わたくしのスキルは……？」

我慢のできなくなったマーガレット様が身を乗り出しながらそう尋ねた。

「あなたのスキルは上級の【火魔法】。制御訓練を受けるように」

グレン様は短く、そう答えた。

結果を聞いたメディシーナ様とマーガレット様は目を見開いて驚いたあと、手を取り合って喜んでいた。

二人があれだけ喜んでいるということは、王都の王立研究所で制御訓練を受けることは、貴族にとってとても名誉あることなのだろう。

喜んでいる二人とは対照的にアデライン様は眉をひそめて、帳簿のようなものを指しながら、グレン様へと見せていた。

メディシーナ様とマーガレット様の喜びが落ち着いたころ、アデライン様は無表情になりながら、こんなことを言い出した。

「こちらにはもう一人、十二歳の誕生日を迎えられたご令嬢がいらっしゃるようですね」

そう言われた途端、メディシーナ様とマーガレット様は、そろってウッと何かが詰まったかのような表情へと変わった。

「グレン様より、マーガレット様はユーチャリス男爵家の次女という鑑定結果が出たと伺っております。さらに、こちらの貴族名簿には双子の姉の存在が記載されており、まだ鑑定を受けたという報告はございません」

アデライン様はさきほど、グレン様に見せていた帳簿のようなもの……貴族名簿をメディシーナ様に向かって見せている。

「貴族の出生や死亡に関する報告は十日以内に行わなければなりません。また、虚偽の報告は罰せられます。ユーチャリス男爵家では、十日以内にもう一人のご令嬢が亡くなったのでしょうか？」

「い、いいえ。もう一人の娘は病弱で部屋に籠っておりますの」

アデライン様の問いにメディシーナ様はぶんぶんと首を横に振って、そう答えた。

もう一人の娘であるわたしは、サンルームのそばの低木の陰に身を隠しているんだけど……。

「国の認定を受けた鑑定士が、どれほどの情報を知ることができるのか……ご存じないのですか？」

アデライン様が冷え切った声でそう言うと、メディシーナ様は顔を青ざめさせた。

満足な食事を与えず、きれいな服を着せず、メイドのように働かせ、しつけと称してムチ打ちをしている……なんてことまでわかるのかな？

わたしと同じ考えに至ったのか、メディシーナ様は現実逃避をするようにどこか遠くを見始めた。

「もう一人のご令嬢はどちらにいらっしゃるのでしょうか？」

「……あれには、庭で草刈りをさせております」

メディシーナ様は視線を遠くへやりつつ、そう答えた。


グレン様はすぐに立ち上がると、サンルームから庭へとつづく扉を開けた。

後ろにはアデライン様や騎士たちもついてきている。

その後ろにマーガレット様の姿も見えた。

このままだと見つかってしまう……。

そう思っても、逃げている暇はなかった。

グレン様は私が身を隠している低木の前まで来ると、ピタッと立ち止まった。

「そこに隠れているのはわかっているよ。出ておいで」

お目汚しになるから姿を見られてはいけないと言われている。だから、出るわけにはいかない。

そんなことをしたら、きついムチ打ちが待っている。

手首や足首を縛られてのムチ打ちは、一番痛いと思う場所へ容赦なく飛んでくる。泣こうが喚(わめ)こうが何度も何度も繰り返されて、翌日はまったく動けなくなる。

あんな思いはもうしたくない。

怖い……。

わたしはその場で膝を抱えて、カタカタと震えた。

「大丈夫だから、おいで」

またしても優しい声が降ってきたけど、恐怖が勝ってその場から出ることはできない。

すると、低木の葉っぱの隙間から見える、グレン様がフードを外した。

そこには見たこともないようなきれいな男の人が優しく微笑(ほほえ)んでいた。

夜のような濃紺色の髪に吸い込まれそうな水色の瞳、目鼻立ちは整っていて、まるでおとぎ話に出てくる天使様のよう。

「……きれい」

ぽろりとそんな言葉が出ていた。

ぼーっと見入っている間に、グレン様はわたしの両脇に腕を差し込み、低木の陰から引っ張り出して、そのまま地面に立たせた。

グレン様はわたしの頭に手を乗せると、つぶやいた。

「……《清潔》」

その一言で、わたしの体がパッと突然、光った。

そして、髪や顔、服についていた汚れがぼたぼたと地面に落ちて、消えていった。

「今のは、いろいろなものをきれいにする魔術だよ。スキルとは別物だから、魔力さえあれば練習次第で誰でも使うことができる」

何が起こったのかわからず首を傾げていたからか、グレン様がそう説明してくれた。

手を見れば、傷だらけだけど汚れはなくなっており、髪の毛を見れば、薄桃色になっている。

「ありがとうございます」

深々と頭を下げてお礼を言うと、グレン様はぽんぽんとわたしの頭を撫でた。

頭を撫でられるなんて、生まれて初めてかもしれない！

驚いて何度も瞬きを繰り返していたら、アデライン様がわたしのすぐそばまで来て、視線を合わせるように膝をついた。

どうして、今にも泣きだしそうなとても悲しそうな顔をしているんだろう？

「名前を伺ってもよろしいでしょうか？」

涙声で聞いてきたので、もしかしたら、すでに泣いた後かもしれない。

「チェルシーです」

貴族らしい挨拶の仕方は知らないので、亡くなった平民の庭師のおじいさんがしていたのと同じようにぺこりと頭を下げた。

アデライン様は貴族名簿とわたしとを見比べたあと、グレン様に向かって強く頷いた。

「俺は国の認定を受けた鑑定士のグレンだよ。さっそくだけど、チェルシーのスキルを鑑定させてもらうね」

グレン様は優しい口調でそう言うと、じっとわたしの頭の上あたりを見つめた。

鑑定の結果は頭の上に出るのかもしれない。

「チェルシーのスキルは【種子生成】。願ったとおりの種子を生み出すというもの」

グレン様の言葉を聞いたアデライン様がカッと目を見開き分厚い本を開いて、調べ始めた。

しばらくすると、アデライン様は首を横に振った。

「スキル辞典に記載がありません」

「やっぱり、ないか」

「はい。新種のスキルですね」

グレン様はアデライン様と同じように膝をついて姿勢を正すと、わたしの手を取り言った。

「どうか国のために、王立研究所であなたのスキルについて、調査および研究をさせていただけないだろうか？」

わたしはその言葉にコクリと頷いた。

「うそよ！」

アデライン様がスキル辞典をぱたんと閉じるのと同時に、マーガレット様がそう叫び、摑みかかる勢いでわたしのそばまでやってきた。

「あんたみたいな出来損ないが王立研究所に行けるなんておかしいわよ！」

そして、手を振り上げた。

叩かれる……！

そう思って、ぎゅっと目をつむった……だけど、一向に叩かれない。

そっと目を開けると、マーガレット様の手首をグレン様が摑んでいた。

「国の認定を受けた鑑定士である俺の言葉が嘘だというのか？」

グレン様の静かな声が庭に響き渡る。

マーガレット様は口をへの字にして、視点をわたしから手首を摑んでいるグレン様へと変えた。

「え？」

すると、口からこぼれたのはさらなる文句……ではなく、驚きの声だった。

マーガレット様はどうやら、わたしと同じようにグレン様に見入ったらしい。

「やだ、グレン様めちゃくちゃカッコイイ……」

グレン様はため息をつくと、掴んでいた手首をパッと離した。

マーガレット様は頬に両手を当てながら、ちらちらとグレン様の顔を見ている。

見入っただけじゃなくて、もしかしたら見惚れたのかもしれない。

「も、申し訳ございません。チェルシーが何か粗相をしたようで……」

いつの間にか、庭に出てきていたメディシーナ様がよろよろとした足取りで近づいてきた。

「チェルシーは何もしていない。したのはこっちの娘だ」

「マーガレットが?」

メディシーナ様は困惑の表情を浮かべ、わたしとマーガレット様とを交互に見つめる。

「それと、チェルシーも王立研究所へ行くことになったので、すぐに準備をするように」

「まさか、この子も……!?」

メディシーナ様は驚きの声をあげると、目を泳がせて困惑していた。


こうして、わたしとマーガレット様は王都にある王立研究所へ向かうことになった。

わたしは屋敷の敷地から外へ出たことがない。庭から見える景色以外、知らない。

庭師のおじいさんから聞いた話では、王都は国王陛下がいらっしゃるところで、すべての道が舗装されていて、馬車が通りやすくなっていて、街灯があって、たくさんお店があって……。

とにかく明るくて賑(にぎ)やかで楽しい場所だと言っていた。
そんな場所に『出来損ない』と呼ばれるわたしが行くなんて、信じられない……！
楽しみに思うのと同時に、とても不安になる。
もしかしたら、王都でも失敗するたびにムチで打たれるかもしれない。
ユーチャリス男爵家の屋敷にいる今より、ひどい目に遭わなければいいな……。

1. と初めての馬車

I'll Never Go Back to Bygone Days!

翌日の朝、ユーチャリス男爵家の屋敷の前に、迎えの馬車がやってきた。

見たこともない絵が描かれた四人乗りの馬車が二台。

グレン様とアデライン様、わたしと妹のマーガレット様、それから騎士が四人。合計八人だから二台なのだと思っていたら、騎士たちは各自、馬に乗って馬車の周囲を護衛してくれるらしい。

つまり、馬車一台につき、二人ずつ乗ることになる。

どうして、一台にしなかったのかな？

そう思って首を傾（かし）げていたら、グレン様にぽんぽんと頭を撫（な）でられた。

「荷物もあるからね」

わたしの荷物は替えの下着が入った小さなカバンひとつだけだから少ない。

対して、マーガレット様は母であるメディシーナ様が用意した大きなカバンが二つ。

それもそうかと思ってコクリと頷（うなず）くと、またしてもグレン様はわたしの頭を撫でた。

「チェルシーは俺と一緒の馬車に乗ろう」

そう言うと、わたしの背中を押して、すぐに馬車へ乗り込んだ。

「なんで、出来損ないのあいつがグレン様と同じ馬車なの!?」

馬車の外では、マーガレット様がそう叫んでいる。

アデライン様と騎士たちは眉間にシワを寄せつつも、何も言わなかった。


準備が整うと馬車はゆっくりと走り出した。

向かい合わせに座るグレン様の髪が、小窓から差し込む光を反射してキラキラと輝いている。

本当に天使様のような、とてもきれいな人。

そんなことを考えていたら、グレン様と目が合った。

「どうした?」

グレン様に優しくそう問われ、わたしは下を向きつつ首を横に振った。

ぶしつけに人の顔を見るなんて、よくないことだ。

これがメディシーナ様だったら、ムチで打たれている。

思い出しただけで、ぶるっと震えが起こった。

「そういえば、朝食は食べてきたかな?」

わたしはまたも首を横に振った。

今日もいつもと同じように夜明け前に起きて、迎えが来るまでずっと屋敷中の掃除をしていた。

食事は用意されていなかったし、あったとしても食べる時間はなかった。

グレン様は小さくため息をついたあと、ブツブツと何か言い出した。

「衰弱、成長阻害、心的外傷、裂傷、打ち身、打撲……状態異常のオンパレードだな。あまり派手に【治癒】スキルを使うと目立つだろうし、ひとまず、衰弱だけ治しておくか」

何を言っているのか聞き取れなくて、首を傾げた。

「衰弱を治せ――【治癒】」

グレン様がそうつぶやくと、淡い光がわたしの体を包んで消えた。

心なしか体が軽くなった気がする。

今の光は何だったのかな？

首を傾げていたら、グレン様が優しく微笑(ほほえ)んだ。

「【治癒】という癒しのスキルだよ。衰弱したままだと、固形物の……普通の食事を摂(と)ったときに吐き出してしまうかもしれないから使ったんだ。ナイショだよ」

何が起こったのかはわからないけど、言ってはならないというのはわかったので頷いておいた。

グレン様はどこからか紙袋を取り出すと、わたしに向かって差し出してきた。

「朝食、食べてないと思って用意しておいたんだ。お腹(なか)減ってるだろう？」

開けなくても匂いでわかる……！

紙袋の中には食べ物が入っている。

ごくりとつばを飲み込むと、紙袋を受け取った。

勢いよく開けると、そこには玉子のサンドイッチが入っていた。

よだれが出そうになる……。食べてもいいのかな？

「食べていいよ」

わたしの心の声が聞こえたのか、グレン様はそう言うとまたしても優しく微笑んだ。

簡単に大地の神様にお祈りしたあと、すぐにサンドイッチを頬張った。

玉子の優しい甘さが口の中いっぱいに広がる。

一切れの半分を食べたところでお腹いっぱいになってしまった。

もっと食べたいけど、苦しくて入らない。

「どうした？　もうお腹いっぱい？」

グレン様の言葉にコクリと頷く。

「またあとで食べればいいよ。ひとまず預かっておくね」

そういえば、お礼を言っていなかった！

「ありがとうございます」

慌ててそう言うと、グレン様は別の紙袋を取り出して、渡してきた。

ゆっくりと紙袋を開けると、今度はシンプルなクリーム色のワンピースが入っていた。

これをどうすればいいんだろう？

わからなくてまた首を傾げた。

「それは着替えだよ。馬たちのために途中で休憩するから、その時に着替えてもらえるかな」

わたしが今着ているのは、穴の開いたボロボロの古着。

これから王立研究所へと向かうのだから、まともな服を着なさいということなのかもしれない。

「ありがとうございます」

わたしは何度もグレン様に頭を下げた。


それからしばらくして、休憩となった。

グレン様が先に馬車を降りたので、一人になっているうちにさっと着替える。

さらさらとした素材のワンピースは少し大きめだったけど、着心地の良いものだった。

もともと着ていたボロボロの服は、小さなカバンに詰めた。

そのあと、馬車を降りるとマーガレット様と目が合った。

マーガレット様はわたしの姿に驚いたようで、詰め寄ってきた。

「なんで、あんたがそんな新品のいい服を着ているのよ！」

「それは、その……グレン様が……」

「あんただけ？　そんなのずるい！」

わたしの恰好(かっこう)を憐(あわ)れんだグレン様が用意してくださったのだと伝えようとしたけど、マーガレット様は話の途中で、グレン様のもとへと歩いていった。

わたしは詰めていた息をふうっと吐き出した。

双子の妹であるはずのマーガレット様と会話をするのは、とても緊張する。

いつからこんな風になったのかは覚えていない。

ため息をついていたのを真横に立っていた騎士に見られて、心配そうな顔をされてしまった。

「姉にあんないい服を用意したんですもの、わたくしの分もあるのでしょう？　どこに隠していらっしゃるの？」

マーガレット様は、グレン様にそう尋ねるとにっこりと微笑んだ。

母であるメディシーナ様も、よく遊びに来ていたアクロイド侯爵様もマーガレット様の願いはいつも叶えていた。

アクロイド侯爵様はメディシーナ様のお父様で、わたしとマーガレット様にとってはお祖父様にあたる人。

でも、わたしはお祖父様と呼ぶことを許されていない。

母と妹に対して『様付け』するのと同じように、アクロイド侯爵様と呼ぶように言いつけられている。

アクロイド侯爵様は、マーガレット様が欲しがるものは何でも用意してくれた。

ぬいぐるみ、服や靴、アクセサリー……どんなものでも。

きっと、グレン様もマーガレット様の願いを叶えるに違いない。

「あれはチェルシーにだけ用意したものだ。おまえの分はない」

グレン様はそう言うと首を横に振った。

「……そんなのおかしいわ！　ああいったプレゼントは、わたくしに用意されるべきであって、あんな出来損ないには必要ないわ！」

マーガレット様は目を見開いて文句を言っていたけど、グレン様はため息をつくだけで、何も言わなかったし、願いを叶えようともしなかった。

すべての人がマーガレット様の願いを叶えるのだと思っていたので、とても驚いた。

＋＋＋

夕方になる前に、わたしたちを乗せた馬車は王都の門をくぐった。

「クロノワイズ王国の王都は、城壁で囲まれた城郭都市なんだ。さらに王城も城壁で囲まれている。あれは城塞って言うんだよ」

馬車の小窓から外を見れば、城壁に囲まれた王城が見える。

「城塞内にあるものはすべて、国王陛下のものなんだ。城塞の西には王立研究所があって、さまざまな分野の研究が行われている。そこで、チェルシーのスキルについても調べることになるよ」

グレン様は窓の外を見ていたわたしにそう教えてくれた。

しばらくすると城塞の門前につき、通行許可証の確認を行った。

さらに馬車は進んでいき、王城の近くで止まるとグレン様はそこで降りた。

「俺は報告があるから、ここで降りるよ。チェルシーはこのまま馬車に乗って、王立研究所の入り口まで向かってね。そこに迎えの者がくるから」

「わかりました。ありがとうございます」

わたしは小窓からグレン様に向かって、深々と頭を下げた。

グレン様は優しく微笑むとそのまま王城へと歩き出した。

何度見てもグレン様の笑顔は、天使様みたいにとてもきれいで見入ってしまう。

そこからさらに馬車は進み、途中で何度か曲がったあと止まった。

王立研究所についたのかもしれない。

そう思って、馬車の扉に手を掛けたら、護衛としてついていた騎士が、外から開けてくれた。

転ばないように気をつけながら、ゆっくりと降りると、目の前に大きな建物があった。

右手にあるのは王城と同じ灰色の大きな建物、左手にあるのは茶色いレンガ造りの建物。

「ここが王立研究所ですよ」

騎士が微笑みながらそう告げた。

すぐにマーガレット様を乗せた馬車も到着して、わたしと同じように馬車を降りた。

馬車と護衛としてついてきていた騎士たちが去ると同時に、灰色の建物から赤い布飾りのついた白いローブを着た人が出てきて、こちらへと向かって歩いてくる。

一人は茶色い髪のメガネをかけた男の人で、もう一人は水色の髪と赤い瞳をした気の強そうな女の人だった。

「ようこそ、王立研究所へ。私はミラベル。こっちはトリスターノ。まずはあなたたちの名前を教えてちょうだい」

女の人……ミラベル様はにっこりと微笑んだ。

「わたくしはユーチャリス男爵の娘、マーガレットですわ」

「チェルシーです」

マーガレット様はとても偉そうな態度で、わたしはぺこりと頭を下げつつ名前を告げた。

どうして初対面の相手にそこまで偉そうな態度を取るのかな……?

「多少なりともあなたたちのことは聞いているわ。それでどちらが、制御訓練が必要なスキルの持ち主かしら?」

「わたくしですわ!」

マーガレット様はそう答えると、ミラベル様に見下すような視線を向けた。

「そう、あなたが……。私はあなたの教育担当なの、よろしくね」

ミラベル様はそう言うとマーガレット様に向かって右手を差し出した。

すると、マーガレット様は不愉快そうな顔をして、その手を払いのけた。

さきほどから、初対面の相手に偉そうな態度を取ったり、見下すような視線を向けたり、手を払いのけたり……マーガレット様は何を考えているのかな……?

不思議に思っていたら、ミラベル様が一瞬驚いた顔をしたあとに笑い出した。

「ふふっ……あなたには制御訓練だけでなく、礼儀作法も教えないといけないみたいね。これは、やりがいがあるわ~。とりあえず、宿舎には案内してあげる。あとのことは自分でしなさいね」

ミラベル様はそう言うとスタスタと歩き出した。

「なんで、平民に命令されなきゃいけないのよ!」

マーガレット様はミラベル様に向かってそう叫んだ。

すると、二人の様子を静観していたトリスターノ様がぽつりとつぶやいた。

「ミラベルさんは伯爵家の令嬢っすよ。王立研究所の研究員は全員、貴族か王族っす。制御訓練生は研究員じゃないんで、ときどき平民が交ざってることもあるっすけど、そういう子たちはみんな能力が高いってことで、漏れなく貴族家の養子になるっす。つまり、王立研究所にいる人は貴族か王族しかいないと思っていいっすよ」

「うそでしょ!? だって、家名を名乗らなかったじゃない!」

一般的に、貴族には家名があって、平民には家名がない。

メディシーナ様曰(いわ)く、貴族は平民を虐げていい。

庭師のおじいさん曰く、平民がいなければ貴族は成り立たない。

わたしはどちらが正しいのか、平民に対してどういった態度を取ればいいのかわからないけど、ミラベル様はこれから教育担当として面倒を見てくれる人なのだから、平民であったとしても敬うべきだと思う。

「王立研究所は家名よりも実績が重視されるとこっす。だから、王立研究所の人たちはあえて家名を名乗ったりしないんすよ」

トリスターノ様は苦笑いを浮かべた。

「やっちゃったっすね。きっと、厳しい訓練になるっすよ」

さらにトリスターノ様がそう言うと、マーガレット様は目を見開いて驚いていた。

「何しているの？　早く来なさい」

茶色いレンガ造りの建物の入り口でミラベル様が手招いている。

マーガレット様は重たいカバンを抱えると、慌ててミラベル様を追いかけていった。

その様子をぼーっと眺めていたら、トリスターノ様が声を掛けてきた。

「あんたが新種のスキルに目覚めたほうっすね。俺はミラベルさんと違って、調査員というか研究員というか、まぁ、世話係みたいなものっす。気軽にトリスって呼んでくれっす」

トリスターノ様……じゃなかった、トリス様はそう言うとにぱっとした笑みを浮かべて、わたしに向かって右手を差し出した。

わたしは迷うことなく、トリス様の手に右手を重ねて、握手を交わした。

「えっと……家では『出来損ない』と言われていました。たくさんご迷惑をおかけすると思います。よろしくお願いします」

わたしは握手を交わしたあと、深々と頭を下げた。

「ひどい言われようっすね……。っていうか、チェルシー嬢も貴族の令嬢なんすから、そんなに深く頭を下げたらダメっすよ！」

「え？　でも、家ではこうしないとムチで打たれるので……」

「ここにはそんなことをする人はいないっす！　とりあえず、宿舎に行くっすよ！」

トリス様は慌てた様子だったけど、わたしを気遣ってゆっくりと歩き出した。

「そうそう、ここにいる間のことなんすけど……」

歩きながら、トリス様は王立研究所にいる間について話してくれた。

「チェルシー嬢の場合、特別に専属のメイドがつくっす。それから、生活に必要な服とか靴とか、食事とかそのあたりも全部、王立研究所で用意するっす。あとはそうっすね……給金が出るっすよ」

「え……？」

いっぺんに言われたので、頭に入らなかった。

「ここ数十年、新種のスキルに目覚めた者は現れてなかったから、すっごく珍しいものなんすよ！

とにかく、王立研究所が面倒見てくれるので、何も心配いらないってことっす！」

わたしがわかってなさそうな顔をしていたからか、トリス様はそう言ってにぱっと笑った。

「あーそうそう！　宿舎で用意してくれる料理は本当にうまいから、楽しみにするといいっすよ！」

トリス様は両手を頬に当てて、よだれをたらしそうな表情をしていた。

「もしかして、毎日、ごはんが食べられるんですか……？」

「毎日どころか、一日三食、おやつもいっぱい食べられるっすよ」

トリス様はきょとんとした顔をすると、そう答えた。

毎日、食べられるなんて、夢のような場所じゃない！

家にいたときと同じようにムチで打たれるのではないかと思っていたけど、ごはんが食べられるなら、それくらい我慢する……！

期待に胸を膨らませながら、茶色いレンガ造りの建物……宿舎の中へと入った。

建物に入ってすぐの廊下を左へ曲がり、少し進んだ先で立ち止まった。

奥には扉があり、メイド服を着た女の人が二人、立っている。

「この先がチェルシー嬢、あんたの部屋っす」

部屋の扉は黒塗りの頑丈そうなものだった。

「明日の朝、迎えに来るっす。あとはあんたの専属メイドから聞いてくれっす」

トリス様はそう言うと、じゃらりとした鎖のついた金色のカギを手渡した。

そして、軽く手を振ったあと、廊下を通って建物から出て行った。

わたしはカギをじっと見つめる。

金色のカギはキラキラしていて、まるで宝物のよう。

いつまでも眺めていられる……。

なんて考えていたら、茶髪のメイドに声を掛けられた。

「まずはお部屋へ入りましょう」

わたしは力強く頷くと扉の前まで進む。カギ穴にカギを差し込み、くるりと回した。

そして、ゆっくりとカギを引き抜いて……そっと部屋の扉を開けた。

「うわぁ……ひろ～い！」

ユーチャリス男爵家の屋敷にあるサンルームが四個くらい入りそうな広さがあった。

「ほ、本当にここがわたしの部屋ですか？　間違いでは？」

「こちらは新種のスキルに目覚めた方のお部屋でございます」

「間違いではないです」

メイドの二人に問いかけるとにこにこと微笑まれた。

「ささ、まずは中へ入ってからです」

わたしがなかなか入らないものだから、こげ茶の髪色をしたメイドにそっと背中を押された。

部屋はざっくりと五つのスペースに分かれていて、入ってすぐのところはローテーブルとソファーが置かれている応接室。

そこから一部屋分奥に進んだところはダイニングテーブルと椅子が二脚ある食堂。右壁にはこぢんまりとしたキッチンがある。

食堂の左奥には勉強机と椅子、それから天蓋付きのかわいらしくて大きなベッドがある寝室。

寝室と廊下の間には扉のついた部屋があって、そこはウォークインクローゼットになっている。開けたら、ワンピースやドレス、靴やアクセサリーなどがすでに入っていて驚いた。

あとは一番奥の左壁に扉があって、その先にはドレッサールームとバスルーム、トイレがあった。

「……夢？」

こんなに広くて素敵な場所がわたしの部屋だなんて、どう考えても夢としか思えない。

そう思って、わたしは自分の頬を思いっきりつねった。

とても痛いから、夢じゃない……。

そんなわたしの様子を見て、メイドの二人は微笑むと、すっとわたしの前に立った。

「私の名前はジーナでございます」

茶色い髪を片側で三つ編みにしているジーナ様は少したれ目の人。

「私はマーサです」

こげ茶色の髪をポニーテールにしているマーサ様は、ジーナ様よりも若くて元気いっぱいな感じ。

「わたしの名前はチェルシーです。ご迷惑をおかけすると思いますが、よろしくお願いします」

その場で深々と頭を下げると、メイドの二人はぱちくりと瞬きを繰り返した。

しまった。つい、いつものくせで深々と頭を下げてしまった。

これはダメだとトリス様に言われたばかりだったのに……。

「ご、ごめんなさい！」

ああ、お仕置きされてしまう……。

ムチで打たれると思って身構えていたけど、二人は微笑むだけで何もしなかった。

「ジーナ様とマーサ様は、怒らないんですか？」

そう尋ねると二人はそろって首を傾げた。

「何について怒ればよいのでしょう？　それよりも、私たちはチェルシー様の専属メイドでございます。様付けなどなさってはなりません」

「むしろ、呼び捨てでお呼びください！」

今までずっと様付けで呼ぶようにしつけられていたので、二人の反応に驚いた。

出来損ないのわたしが呼び捨てにするなんて、失礼すぎる……。

「えっと……その……さん付けじゃダメでしょうか？」

考えた結果、そう二人に聞くと、しぶしぶ了承してくれた。

わたしがほっとしているとジーナさんがきりっとした表情になった。

「チェルシー様の事情は多少なりとも聞いております。それを踏まえた上で、今後のことを考えますと、礼儀作法や貴族らしい振る舞い、貴族として必要な知識などを学んでいただく必要がございます」

今度はマーサさんがニコッとした笑みを浮かべる。

「簡単に言いますと、私たちはチェルシー様に立派な淑女になっていただきたいんです」

今のわたしではよくないのだということはわかる。

だから、二人の言葉に素直に頷いた。

わたしが頷いたことで、二人はキラキラと目を輝かせて喜んだ。

「それでは立派な淑女への第一歩としまして、チェルシー様には身なりを整えていただきます」

「というわけで、バスルームへ参りましょう！」

「え？」

追い立てられるようにバスルームへ向かうと、あっという間に服を脱がされた。

「え、えええええ!?　ひ、ひとりで入れますううう！」

「いいえ、これも淑女への一歩でございます。私たちメイドにすべてお任せください」

「むしろ、チェルシー様はこういったことに慣れなくては、です！」

恥ずかしくて身をよじって体を隠していたら、メイドの二人がニコッと微笑んだ。

これはきっと抵抗しても無駄なやつ……。

二人の様子から、わたしは諦めてされるがままになった。

昨日、グレン様が魔術の《清潔(クリーン)》を使ってくださったので、汚れはないはずなのに、ジーナさんとマーサさんは念入りに髪を洗って、そのあと見たこともないクリームを髪に擦り込んだ。

しばらく置いたあと、お湯で洗い流すと、バサバサだった薄桃色の髪がツヤツヤになり、とてもいい香りがするようになった。

「まるで魔法みたい……」

わたしのつぶやきに、メイドの二人はにこにこと微笑んだ。

次に体をふわふわの泡で洗ってもらったんだけど、体のあちこちに傷があるので、石鹸(せっけん)が沁(し)みてとても痛かった。

そんなわたしを見て、二人はつらそうな表情をしていた。

ピカピカになってバスルームを出ると、ふんわりしたタオルで拭いてもらった。

「本来であれば、美容クリームを塗ってマッサージをするのですが、チェルシー様の場合は、まずは傷を治すことを優先いたします」

ジーナさんはそう言うと、マーサさんが持ってきた水色の液体を体中に塗った。

ミントみたいな香りがするその液体は、傷薬だそうだ。

「一度、きちんと治癒士に診てもらって、【治癒】スキルを掛けてもらったほうがいいと思います」

「そうね。ちょっと想像以上にひどいものね」

二人はボソボソとそんなことを話していた。

そのあとは、ウォークインクローゼットから取り出した肌触りの良い下着や、ツルツルとした見たこともないような生地を使ったワンピースに着替えることになった。

まさか、それも手伝われるとは思っていなかったので、とても驚いた。


つづいて、ドレッサールームへ移動して、大きな鏡台の前に座らされた。

久しぶりに鏡を見たけど、わたしの見た目は本当に不細工だ。

前髪は誰とも視線が合わないようにするため、鼻くらいまでの長さがある。

後ろ髪は自分で切ったり、メディシーナ様とマーガレット様に無理矢理切られたりで、長さがまちまちだったりする。

ちらっと見えるぎょろっとした大きな紫色の目はおどろおどろしい。

ジーナさんが髪を梳(と)かしていたところ、途中で手が止まった。

「チェルシー様……。髪の長さを整えさせていただいてもよろしいでしょうか?」

王立研究所には似つかわしくない姿だという自覚があるので、素直に頷いた。

すると、マーサさんがどこからかケープとハサミを持ってきた。

ジーナさんがそれを受け取ると、わたしの首周りにケープをつけ、つづいて躊躇(ちゅうちょ)せずにばっさりとわたしの後ろ髪を切った。

ジャキジャキという音とともに、どんどん後ろ髪が整っていく。

「前髪を切りますので、目を閉じていてください」

そう言われて、目を閉じるとシャキッシャキッという音が聞こえた。

しばらくすると、毛先の柔らかいブラシのようなもので、顔の周りをしゃしゃしゃっと払われた。

それからつけていたケープを取るような感触があった。

「終わりました。もう目を開けていただいて大丈夫です」

ジーナさんの声で目を開けるとそこには見たこともない自分がいた。

前髪は眉毛より少し下くらいで、後ろ髪はあごと肩の間くらいの長さの、とてもすっきりとした髪型に変わっていた。

「ありがとうございます」

ぎょろっとした大きな目は変わらないけど、この髪型なら王立研究所にいてもおかしくは思われないかも……。

頭を下げすぎないようにしつつお礼を言うと、ジーナさんが微笑んだ。

ドレッサールームを出ると、おいしそうな匂いが漂ってきた。

フラフラと吸い寄せられるようにダイニングテーブルへ向かうと、そこには温かそうな夕食が用意されていた。

真っ白くて丸いパンと黄色いスープ。カラフルな野菜のサラダにあれはハンバーグ!?

一度は食べてみたいと思っていたものが出てきて驚いた。

「どうぞ、お座りください」

じっと見つめていたら、マーサさんに椅子へ座るよう促された。

よく見れば、それは子ども用の座席が高い椅子だった。

幼いころから、まともな食事を食べさせてもらっていないため、わたしの身長はとても低い。

そんなわたしのことを考えて用意してくれたのだと思うと、嬉（うれ）しくて胸が熱くなった。

すぐに椅子に腰を掛けると、マーサさんが押してくれた。

トリス様が言ったとおり、本当に食べられるんだ……！

「た、食べてもいいんでしょうか？」

ごくりと喉を鳴らしながらそう尋ねると、マーサさんが力強く頷いた。

大地の神様にお祈りをして、食べようとフォークを持ったところで思い出した。

そういえばわたしにいろいろなことを教えてくれた庭師のおじいさんが、貴族は食事の食べ方に気をつけないといけないって言っていた。

どうやって食べたらいいんだろう……!?

「いかがなさいました？」

わたしが夕食を前にして固まっていたから、ジーナさんがそう声を掛けてきた。

「あの……正しいごはんの食べ方を知らないんです」

そう答えると、わたしのお腹がぐーっと鳴った。

恥ずかしい……。

ジーナさんは少し考えたあと微笑んだ。

「ひとまず、今夜は気にせずお召し上がりください。明日からはマナーについて学びながら食事を摂ることにしましょう」

そう言われて、わたしは頷くと、すぐに目の前にあったハンバーグにぷすっとフォークを刺した。

とてもお腹が空いていたので、かぶりつく。

口の中にじゅわっとお肉の汁が広がって、おいしい……。

次はパンを手に取って、そのままぱくり……すごく柔らかい。

スープは器を持ってごくごく……かぼちゃのスープだったみたい。

温かいスープなんてどれくらいぶりだろう?

サラダには酸っぱくないニンジンのドレッシングがかかっていたみたいですごくおいしい。

すべて一口ずつ食べたところでお腹がいっぱいになってしまった。

どうしよう……。

「お口に合いませんでしたか?」

またしてもわたしが動きを止めたから、今度はマーサさんがそう聞いてきた。

「いえ、その……お腹がいっぱいで……」

わたしの言葉を聞いたマーサさんは、口元に手を当てて涙ぐんだ。

「話には聞いていたんですけど、本当に食事を食べさせてもらえてなかったんですね」

わたしはコクリと頷いた。

「胃が小さくなっているのでしょう」

ジーナさんも悲しそうな表情をしている。

「よし、これからは少量でもおいしくて、栄養価の高い食事にしてって、料理長に頼んできます！」

マーサさんはそう言うとカートに食器を載せて、部屋を出て行った。

2. と王立研究所

I'll Never Go Back to Bygone Days!

翌朝、わたしはいつもと同じように夜明け前に目が覚めた。

早く起きて掃除をしないと、またメディシーナ様にムチで打たれてしまう。

眠い目をこすりながら、ベッドから出ようとして気がついた。

「……そういえば、ここは家じゃなかった」

なんだか急に力が抜けて、ベッドにもたれかかってしまった。

ここは家じゃないから、ムチで打たれることはない……はず。

トリス様も『ここにはそんなことをする人はいないっす！』っておっしゃっていたし、大丈夫だよね。

でも……これからここでお世話になるのだし、掃除はしたほうがいいんじゃないかな？

わたしは小さく頷（うなず）くと、ベッドから出た。

掃除をするなら、まずは着替えなくてはならない。

昨日、馬車に乗ったときに着ていたボロボロの古着に着替えればいいよね。

たしか、グレン様からワンピースをいただいて、着替えたあと小さなカバンに詰めたはず。

部屋の中を見回したけど、小さなカバンは見当たらなかった。

たしか、バスルームに入る前に服を脱いだ。その時にカバンも置いたはず……。

そう思って、バスルームとドレッサールームを覗いたけど見当たらない。

あるとは思えないけど、ウォークインクローゼットも確認したけどなかった。

しかたないので、代わりになる汚れてもよさそうな服はないかとウォークインクローゼットの中を覗いたけど、どれもこれも上質な生地で出来ていて掃除をして汚すなんて考えられなかった。

今は諦めるしかない。

あとでジーナさんとマーサさんにボロボロの古着が入った小さなカバンの行方を聞いてみよう。

ため息をつきつつベッドの縁に座ると、控えめなノックの音がした。

「どうぞ」

声を掛けると、慌てた様子のマーサさんが部屋の中に入ってきた。

「部屋の扉前にいる騎士から連絡がありまして」

どうして騎士がいるんだろう？

ユーチャリス男爵家はそこまで裕福ではないし、わたしは出来損ないと呼ばれてメイドのように扱われていたので、価値があるとは思えない。

そんな者のために扉の前に騎士が立つ必要があるのかな？

不思議に思って、首を傾げていたら、マーサさんが教えてくれた。

「チェルシー様が持つ新種のスキルはまだ、どういったものか調査されていません。それはもしかしたら、有用なものかもしれないし、無意味なものかもしれない。お金を生み出したり、戦争に利用できるかもしれない。未知のものというのは、とても貴重で国の内外から狙われやすくなるんです。なので、チェルシー様は常に護衛の騎士たちによって守られることになっているんです」

そうなんだ……！

わたしは驚いて、口をぽかんと開けた。

「ちゃんと騎士たちが守ってくれるから大丈夫ですよ。それよりも、物音がするという連絡があったんですけど、どうかなさいましたか？」

守られているということに驚いていたけど、マーサさんの言葉で我に返った。

「う、うるさくして、ごめんなさい！」

わたしはどんなことをしていても大きな音が出てしまってうるさいので、なるべく音を立てないようにとメディシーナ様からも言われていたのに……。

きっと怒られてしまう！

わたしは下を向いたまま、グッと身構えた。

「そんな大きな音ではないですよ。眠れませんでしたか？」

マーサさんはわたしの目の前で膝をつくと、下から心配そうにわたしの顔を覗き込んできた。

わたしは首を横に振る。

「まだ夜明け前ですよ。起きるのには早すぎます」

「えっと……いつもこの時間に起きているので……」

「こんなに早い時間にですか!?」

わたしはマーサさんの言葉にコクリと頷いた。

「あの、その……夜明け前に起きて、屋敷中の掃除をしなきゃいけないんです。それで、いつもの時間に目が覚めたので、汚れてもいい服に着替えて掃除をしようと……」

「それで、服を探すのに部屋の中を歩き回っていたということですか……」

わたしはもう一度、マーサさんの言葉にコクリと頷いた。

「これはきちんとお伝えしなくては、ですね」

マーサさんは片手を額に当てつつそうつぶやくと、わたしの顔をじっと見つめた。

「チェルシー様は新種のスキルに目覚めた特別な方なんで、しっかり眠ってしっかり食べて、しっかりとスキルの調査と研究を行わなきゃいけないんです」

グレン様からもスキルの調査と研究をさせてほしいと頼まれている。

しっかりスキルの調査と研究を行わなければならないのはわかるけど、眠ることと食べることにはつながらない。

首を傾げていると、マーサさんも首を傾げた。

「えっと……眠ることと食べることにつながらなくて……」

怒られないように言葉に気をつけながらそうつぶやくと、マーサさんは何度も瞬きを繰り返した。

「しっかり眠らないと調査の途中で眠くなるし、しっかり食べないと研究の途中でお腹が空いて集中できなくなっちゃいますよ」

なるほど……。

納得してマーサさんの言葉にコクリと頷いた。

「ここでは、掃除は掃除担当のメイドの仕事です。他の方が掃除をしてしまうとメイドたちの仕事がなくなってしまいます。そもそも掃除は明るい時間にやるものです、夜明け前では暗くてしっかり掃除ができたのかわかりません」

だから、いつも掃除がしっかりできていないと怒られていたんだ……！

今さら知ったことだけど、とても驚いた。

「昨日お持ちいただいた服などは、チェルシー様の大切なものかもしれませんので、洗濯担当のメイドに渡しました。数日したら戻ってくると思います」

庭師のおじいさんが用意してくれた服だったので、大切と言われればそうかもしれない。

「ここからが重要なので、よく聞いていてください。専属メイドというのは、主人よりも早く起きなければならないんです」

それって……わたしが夜明け前に起きるとジーナさんとマーサさんはそれよりも早い時間に起きなければならないということ？

それだと二人の眠る時間がなくなってしまう！

オロオロしていたら、マーサさんが微笑んだ。

「わかっていただけたようですね。もし眠れないようでしたら、ホットミルクをお持ちしますが？」

わたしはふるふると首を横に振ったあと、すぐにベッドに潜り込んだ。

「ちゃんと寝ます。ごめんなさい」

「いえ、私たちがきちんとお伝えしていなかったのが悪いんです」

マーサさんはそう言うとわたしの掛け布団を直してくれた。

なんだか胸が温かくなった。

「ゆっくりおやすみなさいませ」

マーサさんが出て行くとあっという間に眠りに落ちた。

＋＋＋

午前の八の鐘が鳴る前にマーサさんが部屋にやってきた。

「おはようございます、チェルシー様」

「おはようございます、マーサさん」

ベッドの上からそう挨拶するとマーサさんがにこにこと微笑んだ。

「それでは身支度を整えましょう」

その一言で、朝の身支度が始まった。

顔を洗ったり髪を整えたり、若草色のワンピースに着替えたり……。

もちろん、昨日と同じように着替えるのを手伝われるので、恥ずかしくて固まってしまった。

若草色のワンピースはその場でくるりと回転するとスカートが一面に広がるタイプで、とても珍しくて気に入った。

スカートが広がるのが楽しくて、何度もくるくると回っていたら、途中で目が回ってフラフラになり、マーサさんに止められた。

身支度が整ったところで、ジーナさんが朝食を載せたカートを運んできた。

小ぶりのパンと温かなスープ。それから小さく切られたハムと小さくちぎった野菜のサラダ。

少量ですぐにお腹がいっぱいになってしまうわたしのことを考えて用意されたもの。

気をつかわせてしまったことに、申し訳ない気持ちでいっぱいになった。

おいしそうな香りのせいで、お腹がぐーっと鳴った。

子ども用の椅子に座り、大地の神様にお祈りをして、いざ食べよう……としたところで、マーサさんに手で制された。

「昨日お話ししたとおり、今日からチェルシー様には貴族らしい食事のマナーを学んでいただきます。一度に覚えるのは大変ですので、少しずつ練習していきましょう。まずはパンの食べ方とスープの飲み方から」

パンは口に入るくらいに小さくちぎって食べること。

スープはスプーンですくって飲むこと。

もっと細かい作法があるけど、今日はまずその二つから……ということになった。

もっと厳しいことを言われるのだと思っていたけど、その二つならできそう!

わたしはマーサさんに言われたことを意識しながら、ゆっくりと朝食を食べた。

と言っても、すぐにお腹いっぱいになってしまったので、それほど時間は経(た)っていない。

ムリにでも食べようかと一瞬考えたけど、これ以上食べると迷惑をかけそうなのでやめた。


食後は応接室のソファーへ移動して、トリス様がいらっしゃるのを待った。

「紅茶を用意いたしましたので、ごゆっくりお過ごしください」

ジーナさんがわざわざ紅茶を用意してくれたんだけど、わたしはソワソワしてしまって、手を付けられなかった。

十の鐘が鳴る少し前に、ノックの音がした。

ジーナさんが扉を少し開けて、外にいる人物を確認する。

「トリスターノ様がいらっしゃいました」

わたしはソファーから立ち上がるといそいそと扉の前へ向かった。

扉の前に立っていたトリス様は、昨日と同じように赤い布飾りのついた白いローブを着ていた。

「うわぁ……昨日とは別人みたいっすね！　すごくかわいいっす！」

トリス様はにぱっとした笑みを浮かべるとそう言った。

横に立っているジーナさんの表情がなんだか誇らしげに見えるんだけど、気のせいかな？

「この服、かわいいです」

わたしは服のスカートを少しつまんで、広げて見せた。

マーサさんが選んでくれた服だけど、本当にかわいい。

「いや、えっと、服もかわいいっすけど、そうじゃなくって……。とりあえず、行くっすよ」

トリス様は頬をかくとゆっくりと歩き出した。

わたしはトリス様の後ろにつづいて歩く。

ジーナさんとマーサさんはお留守番のようで、にここと微笑んでいた。

廊下に出ると、マーサさんが言っていた騎士が二人立っていた。

片側の肩に小さくて黄色いマントをつけている。

夜明け前に騒がしくしてごめんなさいの意味と守ってくれてありがとうの意味を込めて、頭を下げると、騎士たちは驚いた表情をしていた。

宿舎を出て、隣にある灰色の建物の入り口に立った。

五階建てで窓がたくさんある。

「さあ、行くっすよ」

トリス様の言葉に頷き、建物の中へと入った。

入ってすぐ受付のような場所があって、そこでトリス様は身分証のようなものを見せていた。

わたしは持っていないのでオロオロしていたら、受付のお姉さんがにっこり微笑んだ。

「お話は伺っています。どうぞ中へお入りください」

わたしはお姉さんに頭を下げると、またトリス様の後ろにつづいて歩き出した。

しばらく廊下を歩いているとパッと視界が開けた。

どうやら、建物の中心にあるホールのようで、吹き抜けになっていてとても広い。

そして、そこには数えきれないくらいたくさんの人がいた。

壁際にある一段高くなっているところに、黄色い布飾りのついた白いローブを着た赤紫色の髪をした女の人が立っていて、わたしを見かけると手招いた。

「チェルシーくん、ここへ」

言われるがまま女の人の横に立つと、ホールにいる人の顔が見える。

ホールの隅には、わたしと同じかそれよりも年上の男の子や女の子たちが二十人くらいいて、みんな同じ真っ黒い服の上に灰色のローブを羽織っている。

その中には、憎々し気にわたしの顔を見ている妹のマーガレット様が交じっていた。

他には赤や青、黄や緑の布飾りをつけた白いローブを着ている人がたくさんいた。

わたしだけ、ローブを着ていないんだけどいいのかな？

そんな疑問が浮かんだけど、今は尋ねられる状況ではない。

あとでトリス様に聞いてみよう。

赤紫色の髪をした女の人がパンパンと手で大きな音を鳴らすと、ホールはしぃんと静まり返った。

「彼女が新種のスキルに目覚めたチェルシーくんだ。みな、丁重に応対するように」

一斉に視線が集まったので緊張して固まってしまった。

遠くに立つトリス様が頭を下げるようなポーズをしている。

わたしは慌ててその場でぺこりと頭を下げた。

「私はこの王立研究所の所長だ。灰色のローブを着ている者は制御訓練生で、白いローブを着ている者は研究員だ。研究員は色のついた布飾りによって担当が分かれている。黄色は武術系、赤は魔法系、緑は技術系、そして青は特殊系だ。チェルシーくんのスキルについて、調査および研究を行うが、手荒なことは一切しないとここに誓おう。以上、解散」

所長の声で、そこにいた人たちはさっさとその場を離れていった。

残ったのは、所長とトリス様、それからグレン様だった。

「改めてようこそ、王立研究所へ」

壇上から下りると、所長はそう言ってわたしに右手を差し出してきた。

わたしは迷うことなく自分の右手を重ねて、握手を交わした。

「これからのことはすべて、トリスターノに任せてある。こう見えてこいつは優秀だからな。頼りにするといい」

所長はさきほどまでの厳しい雰囲気とは違って、にっこりと微笑んだ。

「うわ……なんすか、その言い方……マジ、やめてほしいっす」

「事実を言ったまでなんだがな。では、私は部屋に戻るよ」

微妙な表情のトリス様を残して、所長は去っていった。

入れ替わるように、グレン様が声を掛けてきた。

「髪を切ったんだね。よく似合っているよ」

グレン様はそう言うと優しく微笑んだ。

やっぱり、グレン様って天使様みたい……。

「事情があって、俺もチェルシーの調査および研究に顔を出すことになったんだ。よろしくね」

わたしはグレン様の言葉にコクリと頷いた。

すると、ぽんぽんと頭を撫(な)でられる。

初めて会ったときから思っていたけど、グレン様はわたしの頭をよく撫でる。

それって、小さな子どもとして扱っているからじゃないかな？

たしかに、わたしの身長は低いのでそう思われてもしかたないけど……。

これでもわたしは十二歳で、あと三年したら成人するんだよ？　大人の仲間入りだよ？

そんな気持ちが膨らんだけど、『不細工で出来損ないで、ユーチャリス男爵家にはふさわしくない』というメディシーナ様の言葉が浮かんで、何も言えなかった。

「トリスもここにいる間は、俺のことを研究員のグレンとして扱うように」

グレン様は白いローブをひらひらとさせながら、そう言った。

「えええ……マジっすか……。この子の前だけっすよ？　それとお偉いさんに文句言われたら、責任取ってくださいっす」

「ああ。きっちり責任を取ろう」

途中から二人は小声で話していたので、うまく聞き取れなかった。

＋＋＋

わたしとトリス様とグレン様の三人は、吹き抜けのホールから、建物の南側にある日当たりのいい研究室へと移動した。

研究室には、ダイニングテーブルのような広くて大きなテーブルと椅子が四脚、勉強するための机と椅子、三人掛けのソファー、それから本棚がたくさん置いてあった。

「ここはチェルシー嬢専用の研究室っす」

トリス様はそう言うと、わたしに椅子に座るよう勧めた。

わたしとトリス様はテーブルを挟んで向かい合わせに座り、グレン様はソファーへと腰掛ける。

「まずは確認っす。あんたのスキルはどんなものっすか？」

「わたしのスキルは、願ったとおりの種子を生み出すもの、だそうです」

グレン様の鑑定結果を思い出しながら伝えると、トリス様は書類をぺらりとめくった。

「報告書のとおりっすね。それじゃあ、試しにここに出してもらっていいっすか？」

トリス様は、テーブルの上に置かれていたトレイを指した。

わたしはじっとトレイを見つめながら、首を傾げた。

「どうしたっすか？」

「あの……スキルってどうやって使うんですか？」

素直に聞いてみると、トリス様はしまった！というような表情になった。

「そういえば、一昨日（おととい）、鑑定結果を聞いたばっかっすね。わからなくてあたりまえっす」

トリス様はそう言うとスキルの使い方をさらりと教えてくれた。

「だいたいのスキルは、起こしたいことを頭の中で考えたあとスキル名を唱えるっす。失敗したくないときや慣れるまでは、頭の中で考えたことを言葉に出してスキル名を唱えるといいっすよ」

馬車の中でグレン様が使ってくださった【治癒】も『衰弱を治せ』という起こしたいことを声に出してから、スキル名をつぶやいていた。

「じゃ、やってみるっすよ」

わたしはトリス様の言葉に頷くと、つぶやいた。

「種を出します――【種子生成】」

するとぽんっという軽い音とともに、目の前のトレイに親指の爪よりも小さくて丸くて平たい種がころんと現れた。

「できたっすね。それで、これは何の種っすか？」

トリス様はトレイの上の種をいろいろな角度から眺めている。

「かぼちゃの種です」

スキル名をつぶやく前に、頭の中に描いていたのはかぼちゃの種。

かぼちゃを割るとワタと一緒に出てくるのが種なんだけど、種の殻をむけば中身が食べられる。

庭師のおじいさんからそれを聞いたときはどれだけ喜んだことか……。

料理人も普通は捨てる部分だから、メディシーナ様に怒られることなく渡せるって喜んでいた。

食事を抜かれたときにこっそりと食べていたものが生み出せるなんて驚きだ。

「まずはかぼちゃの種が一個っすね。一回にたくさん出せるっすか？」

「やってみます。種を出します――【種子生成】」

かぼちゃの種がいっぱいあるのを想像しながら、スキルの名前を声に出した。

すると、トレイの上にはかぼちゃの種が一個……。

「一個っすね……」

「もう一回やってみます。種を出します――【種子生成】」

わたしはさっきと同じように、かぼちゃの種がいっぱいあるのを想像しながら、スキルの名前を声に出した。

でも、トレイの上にはかぼちゃの種は一個しか生み出せなかった。

「一回に一個しか出てこない感じっすね」

トリス様は書類に、ペンで書き込んでいく。

「次は他の種を出してほしいっす」

「何でもいいんですか？」

「別の種類なら、何でもいいっす」

わたしは頷くと別の種を思い描いた。

「種を出します――【種子生成】」

トレイの上に現れたのは、ひまわりの種だった。

これも割ると中身の部分が食べられる。

「これはひまわりの種っすね！　それじゃまた別の種を出してくれっす」

トリス様の言葉に頷こうとして、わたしは固まった。

かぼちゃとひまわりの種以外で思いつくものがない……。

ユーチャリス男爵家の庭には花壇がなく、庭師のおじいさんは草を刈って芝生の手入れをしているか、低木や生垣を整えているだけで、種を蒔いている姿を見たことがなかった。

「どうしたっすか？」

わたしが動かないので、見かねたトリス様はそう言って首を傾げた。

「えっと、その……他にどんな種があるかわからなくて……」

「なるほど～……それは困ったっすね……」

「知らないことは覚えればいいよ。庭師にいろいろな種を見せてもらえるよう頼もう」

わたしとトリス様が途方に暮れていると、ソファーに座っていたグレン様がそう助言してくれた。

そっか……知らないことは覚えればいいんだ……。

いつも怒られるばかりで、覚える機会がなかったけど、これからは覚えればいいんだ！

わたしはグレン様の言葉に、うんうんと頷いた。

「それもそうっすね！　じゃ、とりあえず今は何回出せるか調べるっす」

「わかりました」

トリス様の言葉に頷くと、連続してひまわりの種を生み出した。

「かぼちゃの種が三個、ひまわりの種が六個なんで、次で十個目っすね」

トリス様にそう言われて、わたしは頷いた。

ひまわりの種のほうが多くなってしまったし、次はかぼちゃの種にしよう。

そう考えたわたしはスキル名を口にした。

「次はかぼちゃの種を出します――【種子生成】」

ぽんっという軽い音とともにトレイの上にかぼちゃの種が現れた。

それと同時に、がくっと体が重くなって、わたしの意識はぷつりと途絶えた。

幕間1. グレンとトリス

Interlude

ゴツンという音が部屋に響いた。

「ちょ……!?」

「!?」

ユーチャリス男爵の娘であり、新種のスキルに目覚めた者でもあるチェルシーが、目の前でテーブルに額をぶつけていた。

そのまま微動だにしない。

俺はすぐにソファーから立ち上がると、チェルシーのそばへと駆け寄り、体を確認してみた。

鑑定をするまでもなく、すぅすぅという寝息が聞こえる。

「な、なんで急に寝るっすか!?」

トリスは動揺のあまり、椅子から腰を浮かせてそう叫んでいた。

【鑑定】スキルを無言で発動させて、チェルシーの頭上に表示されるステータスを確認すると、魔力の欄が空のため、赤く点滅している。

「どうやら、魔力切れを起こして眠ったようだね」

「そういえば、グレン様は最上級の【鑑定】スキル持ちだったっすね！」

トリスの言葉に俺は苦笑いを浮かべた。

【鑑定】とは、対象の情報を知ることができるスキルで、慣れるとスキル名を唱えなくても発動できるとても特殊なものだ。

スキルには賢者級、最上級、上級、中級、下級の五段階のレベルがある。スキルのレベルによって、対象の名前や年齢、生命力量や魔力量、状態異常、所持スキル、職業、称号などさまざまな情報を知ることができる。

ただし、賢者級以外のレベルでは、本人が隠そうと強く願った情報は知ることができない。

他にも、周囲の者たちによって思い込まされた情報は、事実と異なったものが表示される。

たとえば、誕生日を知らない子どもに対して、周囲の者たちが『今日があなたの誕生日』と言い、本人がそれに納得した場合、【鑑定】で表示されるのは、本来の誕生日ではなく、周囲の者たちが言った『今日』になる。

隠そうと強く願った情報と思い込まされた情報は、賢者級と呼ばれる一番上のスキルレベルの持ち主以外、見破ることができない。

この賢者級の【鑑定】スキル持ちは、片手で数えるほどしか存在しないのだが……俺がその一人だったりする。

賢者級の【鑑定】スキルは、一般的な【鑑定】スキルとは違って、使用する魔力量によって、知りえる個人情報がかわるというとても特殊なものだったりする。

対象の名前や生命力量や魔力量を見るだけなら、ほとんど魔力を使用せず行うことができる。

逆に一日一回限りだが、ぐったりするほど魔力を込めた場合、ありとあらゆる情報……本人が自覚していないことや隠していることまで知ることができる。

正直、チートすぎる能力なので、他の人には最上級だということにしている。

事実を知っているのは、国王陛下と王妃の二人だけだ。

ちなみに、ぐったりするほど魔力を込めて【鑑定】を使ったのは、人生で数えるほどしかない。


「まだ十個しか種を生み出していないっすよ？　チェルシー嬢のスキルって、そんなに魔力を使うっすか……？」

「いいや、スキルを使用するのに必要な魔力量は少ない」

「じゃあ、なんで眠ったっすか？」

「それは、チェルシーの魔力の総量が、極端に少ないからだね。彼女の魔力の総量は、三歳にならればかりの第一王子よりも少ない」

「そ、それは少なすぎっすよ！」

トリスはあまりにも驚きすぎて、半歩後ろに下がった。

チェルシーはユーチャリス男爵家で、虐待を受けながら育った。

最低限の食事しか与えられていなかったようで、十二歳とは思えないほど身長が低いし、体も痩せ細っている。

また、ムチ打ちなどの暴行や精神的苦痛を強いられて生きてきた。

それらは、さまざまな状態異常にかかっているので、すぐにわかった。

チェルシーの状態異常は重度すぎて、賢者級の【治癒】スキルでないかぎり治せない。

賢者級の【治癒】スキルを使えば、死んでいなければ、どんな生き物でも元に戻すことができる。

四肢欠損だろうが、焼失だろうが、厄介な状態異常だろうが、すべて治すことができる。

といっても、病気は治せない……。

はっきり言って、奇跡ともいえる能力なので、賢者級の【治癒】スキル持ちは、聖者や聖女と崇められ、この世界では片手で数えるほどしかいない。

……実は俺の【治癒】スキルのレベルも賢者級だったりする……。

これを知っているのは国王陛下と王妃、それから王族の主治医となっている治癒士イッシェルの三人だけだ。

俺はできれば、チェルシーの状態異常をすべて治してやりたいと思っている。

だが、賢者級の【治癒】を使ったことが知られてしまうと、聖者として教会に認定されてしまい、国から離れなければならなくなる可能性がある。

国王陛下にはさまざまな恩があるため、国から離れるのは避けたい。

「ひとまず、ソファーに寝かせるっすよ」

俺が悩んでいる間に、トリスはチェルシーを抱えた。

「うわぁ……十二歳の女の子なのに、うちの八歳の姪っ子より軽いってどうなってるっすか……」

トリスはチェルシーをソファーへ寝かせながら、悲しそうな顔をしていた。

そういえば、チェルシーを低木の陰から持ち上げたときも、枯れ木のように細かったな……。

食事をほとんど与えられていないのならば、体重も軽いに違いない。

【鑑定】した際、体重までは確認していなかった。

さすがに十二歳でも女の子の体重を勝手に知るのは良くない。

そういえば、チェルシーに【鑑定】スキルを使ったのは、俺だけではないか？

さまざまな状態異常を抱えている、と報告はしたが細かく記載はしなかった。

国王陛下の許可さえ取れれば、こっそり【治癒】スキルで治すことも可能かもしれない！

「俺はこの子が不憫でならないっすよ……」

「同感だね。というわけで、俺はちょっと偉い人のところへ行ってくるよ」

「え？　グレン様より偉い人って……！」

俺はトリスの言葉に頷くと部屋を出た。

3. と魔力切れ

たくさんの鐘の音で目が覚めた。たぶん、お昼くらいだと思う。

むくりと起き上がって伸びをしたあと、ゆっくりと周囲を見回すと知らない場所にいた。

周りには誰もいない。

わたし、いつの間に寝ちゃったのかな？

よくよく見れば、わたしが寝ていたのはソファーの上で、近くにはダイニングテーブルのような大きなテーブルが……。

ああそうだ……ここは王立研究所のわたし専用の研究室で、トリス様とグレン様の三人でわたしのスキルについて調査していたんだった。

たしか、十個目の種を生み出したところで、急に体が重たくなって意識が遠のいて……突然寝てしまう……なんてことあるのかな？

首を傾(かし)げているとカチャリと扉が開いた。

現れたのはトリス様で、いろいろなものを抱えている。

「あ、起きたっすか！　ちょうどよかったっす。食堂からサンドイッチを持ってきたっすよ」

トリス様はそう言うと、テーブルの上にサンドイッチの載ったお皿とコップを二つ、それから水差しを置いた。

こぽこぽという音を立てながら、コップに水を注ぐ。

わたしはサンドイッチに惹(ひ)かれて、すぐに椅子に座った。

「ささ、食べるっすよ」

トリス様は対面の椅子に腰掛けるとそう言った。

「ありがとうございます」

お礼を言ったあと、大地の神様にお祈りして、目の前にあるサンドイッチを一切れつまんだ。

四分の一サイズの少し小さなサンドイッチの具は、レタスとタレをまとったチキン。

喉がごくりと鳴ったけど、マナー的にどうやって食べたらいいのかわからないので、トリス様が食べる様子を観察した。

パクッとかぶりついて食べているので、同じようにかぶりつく。

シャキシャキのレタスと甘辛いタレのチキンが合っていて、とてもおいしい！

ん～！　という声にならない声が出てしまった。

小さなサイズのサンドイッチだったけど、一切れ食べたところでお腹(なか)がいっぱいになった。

お水を飲んで一息ついていると、トリス様がわたしの顔をじっと見つめた。そのあと、自分の額をつんつんとつついた。

何を伝えたいのかよくわからなくて、首を傾げた。

「チェルシー嬢は十個目の種を生み出した直後、魔力切れを起こしてすごい勢いで寝たっす。こんな感じで」

トリス様はそう言うと、思いっきり額をテーブルに打ち付けるような仕草をして見せた。

「え？」

「スキルってのは魔力を消費して使うっす。魔力が減ってくるとだんだん体がだるくなって、空っぽになると誰でもその場で力尽きて寝るっす」

トリス様の説明を聞きながら、自分の額を触るとぷくっと膨れていた。

「ゴツンっていういい音がしたっすよ」

あまり痛みは感じないけど、触ると嫌な感じがして、眉間にシワが寄った。

そんなわたしの様子を見て、トリス様は心配そうな顔をしている。

またカチャリと扉が開いて、今度はグレン様が現れた。

「目が覚めたようだね。トリスもいるし、ちょうどいい」

「どうだったっすか？」

グレン様はいつもと同じ天使様のような優しい微笑(ほほえ)みを浮かべて、わたしの隣の椅子に座った。

「単刀直入に言えば、しばらくの間、チェルシーのスキルについての調査および研究の時間は減らすことになった」

どうして突然そうなったのかわからず、首を傾げた。

「チェルシーは今現在、三歳児よりも魔力の総量が少ないいんだ」

「え!?」

三歳の子どもよりも少ないって……わたし、十二歳なんだけど……!?

ショックのあまり、ぽかんと開いたままの口が塞がらない。

「調査および研究をつづけるならば、チェルシーには積極的に魔力の総量を増やしてもらいたいと思っている」

グレン様はそこで言葉を区切ると、わたしの顔を覗き込んだ。

「そもそも、チェルシーは魔力とはどういったものか理解しているかな？」

魔力とは……なんだろう？

体の中にあるらしいけど、これだっていう実感はない。

わたしはグレン様の問いに、首を横に振った。

「やっぱり、教わっていないようだね」

わたしは物心ついてからずっと、家の掃除をさせられていた。

なので、平民みたいに学校に行っていないし、マーガレット様みたいに家に招いた教師から勉強を教わったりもしていない。

読み書きと簡単な計算だけは、庭師のおじいさんや料理人、メイドたちから教わっていた。

洗剤の名前や注意書きが読めないと、きちんと掃除ができないから……って理由をつけていたけど、今思えば、わたしの将来を考えて教えてくれたのかもしれない。

「そういった話を偉い人としてきた結果、チェルシーにはスキルの調査および研究以外に、魔力の総量を増やす時間、知識を深める時間を取ることになったよ」

それってつまり、勉強する時間をくれるということ……？

わたしはグレン様の言葉に何度も瞬きを繰り返した。

「教師役は俺がやる。そうなると、その時間、トリスは暇になるだろう？」

「そうっすね」

「トリスには所長の仕事を手伝ってもらうことになった」

「ま、まさか……書類仕事っすか？」

「いや、畑仕事をさせると言っていたかな」

「マジっすか！　天職じゃないっすか！」

トリス様はその場で両手を上げて大喜びしている。

畑仕事って大変なものじゃなかったっけ？

そう思って、首を傾げていたら、グレン様がわたしの頭をぽんぽんと撫(な)でた。

「トリスは【土魔法】スキルを持っているから、畑仕事は得意なんだよ」

「そうなんすよ！　俺の魔法で畑が生き生きしていくから、楽しいんすよ！」

本当に畑仕事が好きなようで、目がキラキラしている。

「それで、今日のこれからの予定だけど、チェルシーはこのまま休みで、トリスは……」

「畑に行けばいいいんすね！　わかったっす！　じゃ、チェルシー嬢またっす！」

トリス様はそう言うとスキップしながら部屋を出て行った。

「いや、畑仕事は明日からだから休みだって言おうとしたんだけど……」

グレン様は何とも言えない表情をしながら、そうつぶやいていた。

「まあ、いいか。さてと、トリスが席を外したことだし、チェルシーとは別の話をしよう」

一体何の話をするんだろう？

グレン様は真剣な表情をしているので、大事な話なのだろう。

わたしは姿勢を正して座りなおした。

「昨日の馬車の中でもやったけど、チェルシーの傷を治そうと思ってね」

わたしはすぐに自分の額に触れた。

魔力切れを起こしたときに、テーブルに額をぶつけたため、ぷっくりと腫れている。

「額以外にも体のあちこちに傷があるだろう？　鑑定したから、体の不調も全部知ってるんだ」

グレン様がわたしのスキルを鑑定してくれたので、知られていてもおかしくはない。

「チェルシーの体を治すにあたって、ひとつお願いがあるんだけど、いいかな？」

わたしはすぐにコクリと頷いた。

「信用されているのか、純粋なのか。普通はどんな内容か聞いてから頷くべきなんだけど……」

グレン様は苦笑いを浮かべながら、何かつぶやいている。

首を傾げれば、軽く首を横に振られた。

「お願いっていうのは、これから俺がチェルシーの状態異常をすべて治すんだけど、そのことを秘密にしておいてほしいんだ」

「わかりました」

わたしはさきほどよりも深く頷いた。

どうして秘密にしたいのかはわからないけど、グレン様のお願いならば守ろう。

グレン様はわたしの様子に優しく微笑むと、いつものように頭をぽんぽんと撫でた。

「それじゃ、かなり眩しいと思うから目をつむって」

わたしは言われるがまま、目を閉じた。

「……自分で言ったこととはいえ、男女二人きりの部屋で簡単に目を閉じるとか……今後が心配すぎる……！　そういったことも教えていくべきだな……」

またしても、グレン様は何かつぶやいていたけど、聞き取れなかった。

「すべての傷を癒し、すべての状態異常を治せ――【治癒】！」

グレン様がそう唱えると体の中をぶわっと風が走り抜けるような感覚があった。

ところどころつまずいたり、立ち止まったりするその風はしばらくすると消えてなくなった。

「もう目を開けていいよ」

そう言われて、ゆっくりと目を開けると眩しそうな表情をしているグレン様がいた。

「どう？　何かおかしなところはない？」

グレン様にそう問われ、額に触れると腫れが引いていて、違和感がなくなった。

手足を動かしてもいつもと変わりなく感じる。ううん、むしろ簡単に動くような気がする。

「ないと思います」

「体の傷は部屋に戻ってから、メイドと一緒に確認してね。それじゃ、部屋まで送っていこう」

グレン様はそう言うと、立ち上がった。


宿舎の部屋に戻るまでの短い距離で、わたしは眠くなっていた。

歩いているのにその場で眠りそうになっている。

「大丈夫？」

グレン様に声を掛けられたけど、答える余裕がなかった。

するとぎゅっと手を握られた。

温かい手……。誰かと手を繋(つな)いだことなんて、あったかな……。

ぼーっとそんなことを考えているうちに、部屋についた。

部屋に入ってすぐのところで、グレン様はジーナさんとマーサさんにわたしのことを話していた。

「チェルシーには、治癒士に頼んで、【治癒】スキルを掛けてもらったよ。傷はすべて治っているはずだから、確認してあげてくれ」

「はい、かしこまりました」

「他に、成長阻害という非常に厄介な状態異常にかかっていたけど、それも治してもらった。大きな変化が起こるかもしれないので、注意してくれ」

「すでにチェルシー様は眠りかけております……」

「そうだね。状態異常を治した反動かもしれないから、よろしく頼むよ」

グレン様の言葉に、ジーナさんとマーサさんはとても恭しく頭を下げていた。

他にも何か話していたけど、眠くて聞き取れない。

膝がガクッと落ちたところを、グレン様に支えられた。

そのまま膝をすくわれて、抱えられてしまったけど、身動きできない。

「ごめん、な、さい」

なんとか謝罪の言葉を口にしたけど、意識を保っていられない。

わたしを抱えたことで、グレン様の顔が近い。

グレン様の濃紺の髪がキラキラしてるな……なんて思ったあと、そのまま眠りについた。

幕間2. マーガレット

わたくしはユーチャリス男爵の娘、マーガレット。

つい先日、国の認定を受けた鑑定士のグレン様……天使様のようにとても美しくてカッコよくて素敵な方！　に制御訓練が必要な上級の【火魔法】スキルに目覚めた者だと鑑定されたの！

そういう者たちは、王都にある王立研究所で制御訓練を行うことになっているわ。

これは貴族として、とても名誉あることなのよ。

王立研究所って王城と同じ城塞内にあって、本来であれば十五歳の成人を迎えてからでないと入れない場所に入れるようになるの。

つまり、他の貴族たちよりも早く、結婚相手を探せるようになるってわけ。

もちろん、それだけじゃないわ。

優秀であれば、制御訓練が終了したあとそのまま研究員や騎士、魔法士への道にもつながる。

出世ルート間違いなし、なんだけど、そんな場所に出来損ないな双子の姉もいるのよね。

新種のスキルだかなんだか知らないけど、出来損ないが来るべき場所ではないわ。

「ここがあなたの部屋よ。服はベッドの下にあるクローゼットの中に入っているものを着なさい。それ以外を着ても訓練は受けられないわ。足りないものがあれば、隣の灰色の建物、王立研究所の奥にある売店で購入するといいわ。明日は、八の鐘が鳴る前に王立研究所の入ってすぐのところにある受付に集合。わからないことがあれば、教えてあげてもいいけど、握手を交わさないような子だもの、自分でなんとかできるんでしょう？」

わたくしの訓練担当のミラベルは、挑戦的な目で見つめるとすぐに部屋を出て行ったわ。

王立研究所の入り口で平民だと思って握手を交わさなかったのだけれど、それくらいで怒ることないじゃない！

「握手を交わさなかったくらいで、なんなのよ！　わたくしは悪くないわ！」

わたくしはそう叫んだあと、案内された部屋を見回した。

部屋は右壁にはしごがかかったベッド、その下にはクローゼットと収納スペース。それから、左壁に学習机と椅子が一セット。それだけで、身の回りの世話をしてくれるメイドはいなかった。

「なんで、こんなに部屋が狭いのよ！　しかも、メイドがいないなんておかしいわよ！」

またしても、わたくしは叫んでいた。

すると、ノックの音が聞こえた。

「ちょっといい？」

不審に思いつつも開けてみると、とても不機嫌そうな顔をしたわたくしと同じくらいの歳の青い髪色の女の子が立っていた。

「あなた、ここに来たばかりなのはとてもよくわかるのだけれども、叫び声が響くのでもう少し静かにしてくださらない？」

その女の子の言葉に、わたくしは顔を赤くした。

そこまで大きな声で叫んだつもりではなかったのに……！

「ついでですので、教えてさしあげますわ。この部屋はあなたのご実家がお金を払って借りているものなの」

女の子はそこで言葉を区切ると大きなため息をついた。

「それを部屋が狭いとかメイドがいないとか……ご自分のご実家にお金がないことを叫んで広めるなんて、とても恥ずかしいことではなくって？」

わたくしはあまりの恥ずかしさに下を向いたわ。

「メイドが必要でしたらご実家から連れてくることね。もちろん、メイドが暮らすための部屋もご実家で用意するのよ」

女の子はそう言うと無表情のまま去っていった。

わたくしは悔しくて、ずっと唇をかみしめていたわ。

それから、しかたなくカバンの中身をクローゼットへ詰めた。

詰めるときに、ミラベルが言っていた黒くてダサい服があったけれど、これを着るように……だなんて、いじめかもしれない。

その日はそれ以上何もしたくなくて、空腹のまま眠ったわ。


翌朝、廊下を歩く人の足音で目が覚めたわ。

家から持ってきた黄色いドレスに自分で着替えて、廊下へ出てみれば全員、あの黒くてダサい服の上に灰色のローブをまとって、どこかへ移動していく。

わたくしはその後ろを追いかけたのだけれど、途中で昨日の青い髪色の女の子が声を掛けてきた。

「何をなさっているの？　制御訓練生はそんな恰好(かっこう)では王立研究所の中へは入れないわよ。担当の方から教わらなかったのかしら？」

「え……？」

部屋に案内されたときに何か言われたけれど、覚えていない。

青い髪色の女の子はさらに言う。

「とにかく、クローゼットの中にある黒い制服に着替えて、灰色のローブを身につけてらっしゃい。八の鐘が鳴り終わったら、制御訓練生は王立研究所の中へ入れなくなるわよ」

わたくしはすぐに部屋へ戻り、大慌てで着替えた。

そして、部屋を出れば、廊下には誰もいなかった。

小走りで廊下を進み、階段を下りていたところで、鐘の音が鳴り出した。

なんとか、八の鐘が鳴り終わる前に、王立研究所の中へ入ることができた。

はぁはぁと息をしているところへ、ミラベルが声を掛けてきた。

「遅いじゃない。来ないのかと思ったわ。すぐに移動するわよ」

ミラベルはわたくしを待つことなく、歩き出した。

今まで一度だって、このような扱いをされたことはない。

家にいたメイドたちはわたくしとお母様に対して、恭しい態度を取っていた。

出来損ないの双子の姉ですら、わたくしには頭を下げていたというのに……信じられない。

息が整わないまま、わたくしはミラベルを追いかけたわ。

それから個室へ向かい、説明を受けることになったのだけれど……。

「あなたたち制御訓練生は、王立研究所で訓練を受けさせてもらっている側なの。つまり、受けたくないのであれば、すぐに帰ってもいいわ」

狭い部屋、メイドのいない暮らし、わたくしはすぐに帰ると口にしようとした。

それよりも早くミラベルは言った。

「訓練を終えずに帰るのであれば、魔力封じの腕輪をつけて暮らすことになるわ」

そして、部屋の隅に飾られている腕輪を指さした。

「あれをつけるのは犯罪者か出来損ないくらいのものよ。あなたはどうするのかしら？」

「帰らないわよ！」

わたくしはカッとなってそう叫んでいた。

出来損ないになんて……双子の姉のようなものになってたまるものですか。

「そう。帰らないのであれば、王立研究所のルールは守ってもらわないとね」

ミラベルは真面目な表情になり、説明を始めた。

「昨日も伝えたけれど、制御訓練生は全員、黒い制服と灰色のローブを着用することが義務付けられているの。着用することで身分証の代わりになるし、それを着ていれば、宿舎での食事は無料で食べることができるわ」

こんな黒くてダサい服をずっと着ていなきゃいけないの!?

文句を言いたかったけれど、説明がつづいたので言えなかった。

「お風呂と洗濯場は宿舎の中にあって、共用となっているから、そこを使ってちょうだい。自分で洗うのが嫌だったら、お金を出して洗濯専門のメイドに頼むこともできるわ」

洗濯なんてしたことない……。お金なんて持たされていない。使ったこともないわ……。

そのことに気がついて頭が真っ白になった。

どうしよう……どうしたらいいのだろう。

悩んでいたら、パッと閃いた。

そうだわ！　あの出来損ないの姉にメイドの代わりをさせればいいのよ！

それに気がついたあとは、ミラベルの説明を落ち着いて聞くことができたわ。

宿舎での過ごし方、どういった訓練を行うかなど、ひととおり説明を聞いたあとは、王立研究所の一階にあるホールへと向かうことになった。

そこには、さまざまな色の布飾りをつけた白いローブを着ている人がたくさんいた。

「あなたは、あのあたりにいる制御訓練生たちと一緒にいなさい」

ミラベルの命令口調にムッとしたけれど、黙って従った。

しかし、なんでこんな場所に人が集まっているのかしら。

しばらくすると、奥にある壇上に、赤紫色の髪をした女性が立った。

その女性は、屋敷にいたころ、ときどきやってきていたアクロイド侯爵でもあるお祖父様(じいさま)のように偉そうな態度をしている。

「本日は、新たに加わった仲間を紹介するために集まってもらった」

女性がそう言うと、ホールはざわざわとし始めた。

新たに加わった仲間とは、きっとわたくしのことね。

わたくしを紹介するためにホールに人を集めたんだわ！

そう思って、前に歩み出ようとしたところで、女性の視線は建物の入り口へと向いた。

「チェルシーくん、ここへ」

はぁ？　なんで、姉の名前が出てくるわけ？

驚いていると、若草色のワンピースを着た姉が壇上に立った。

なんで、黒い制服と灰色のローブを着ていないの？

さっき聞いた話だと、着用が義務付けられているのではなかったの？

赤紫色の髪の女性がパンパンと手を叩くとしぃんと静まり返った。

「彼女が新種のスキルに目覚めたチェルシーくんだ。みな、丁重に応対するように」

姉はおどおどとした様子で頭を下げている。

なんで、出来損ないの姉のことを丁重に応対しなくちゃいけないのよ！

「私はこの王立研究所の所長だ。灰色のローブを着ている者は制御訓練生で、白いローブを着ている者は研究員だ。研究員は色のついた布飾りによって担当が分かれている。黄色は武術系、赤は魔法系、緑は技術系、そして青は特殊系だ。チェルシーくんのスキルについて、調査および研究を行うが、手荒なことは一切しないとここに誓おう。以上、解散」

わたくしの疑問はどこへもぶつけることができないまま、部屋を移動することになった。

移動先は制御訓練生たちが集まる大部屋で、入った途端、話し声が聞こえてきた。

「チェルシー様だっけ？　新種のスキルに目覚めるなんてうらやましいよね」

「特別研究員と同等の扱いだから、ローブ着用の義務がないんだっけ」

「義務はないけど、正式な場所では着用するんじゃないかな？」

「え？　何色の布飾りをつけるの？」

「たしか、最高位を示す紫色だったはず」

「それって王族しか使えないと言われている色じゃない！」

「なにそれ！　すごいね！」

「まったくすごくないわ！」

わたくしはつい、そう言葉にしていた。

それによって、制御訓練生たちが一斉にわたくしの顔を見た。

「もしかして、チェルシー様とはお知り合いなの？」

昨日と今朝話しかけてきた青い髪色の女の子が、わたくしにそう聞いてくる。

「わたくしの双子の姉ですわ！　ちょうどいい機会ですし、姉のことを教えてさしあげるわ」

わたくしの言葉に、その場にいるすべての者たちが興味深げに視線を向けた。

さあ、聞いてちょうだい。わたくしの姉がどれだけ出来損ないであるかを！

わたくしは、家にいたときの様子をひとつひとつ丁寧に教えてさしあげたわ。

見た目も中身も行動も、すべてにおいてわたくしに劣るということ。

あまりにも出来が悪いので、掃除をさせていたこと。

その掃除すらまともにできなくて、いつもムチで打たれていたこと。

「これで、どれだけ姉が出来損ないなのかわかったでしょう？」

最後にそう締めくくると、話を聞いていた者たちは、わたくしをちらちらと見つめつつ、こそこそと話し始めた。

「……チェルシー様ってとてもかわいらしい方だったけど、痩せていたよね」

「……痩せていたというよりも、ガリガリに痩せ細っていたって感じだな」

「双子なのに、片方はガリガリに痩せ細っていて、もう片方は普通ってどうなの……」

「しかも、チェルシー様は朝早くから屋敷中の掃除をさせられていて……」

「お仕置きとしてムチ打ち……だなんて……」

そこで、全員が一斉にわたくしの顔を見たわ。

そして、青い髪色の女の子が一歩前に出て、まるで代表者のように言った。

「ねぇ、あなたの双子のお姉様って、虐待されていたの？」

「違うわ！　姉は出来損ないだから、しつけをされていただけよ！」

わたくしはただ、姉がどれだけ出来損ないであるかを語っただけなのに、なぜか、周囲の者たちから距離を置かれるようになった。

4. 魔力の総量の増やし方

I'll Never Go Back to Bygone Days!

カチャリという音で目が覚めた。

カーテンの隙間から入ってくる日差しから、かなり日が高いことがわかる。

もしかして、寝坊してしまった？

そう思って、起き上がろうとしたところを、ジーナさんに止められた。

「まだ起き上がってはなりません」

「どうしてですか？」

わたしはベッドの中で首を傾げながら、そう尋ねた。

すると、ジーナさんが何度か瞬きを繰り返したあと答えてくれた。

「チェルシー様は三日間、ずっと眠りつづけておられました」

「え？」

驚いて口がぽかんと開いた。

「治癒士の話では、状態異常を取り除いたことで、体が休息を欲したのだろう……とのことでございます。目が覚めましたら、まずは診察を受けていただくまで、そのまま横になっているように、と言づかっております」

「わかりました」

わたしはベッドの中でコクリと頷いた。

しばらくすると、初めて見る白いひげのおじいさんがやってきた。

黒いローブを着て、赤い布を肩から掛けている。

「ワシは魔法士団の治癒士イッシェルじゃ」

イッシェル様はそう言うと、ベッドで横になっているわたしの額や手首に触れた。

「おかしなところはなさそうだのう。だが、ムリは禁物じゃ。今しばらくは部屋で過ごすように」

「ありがとうございます」

わたしはゆっくりと起き上がると、イッシェル様に頭を下げた。

「おお、そうじゃった。チェルシー嬢が目を覚ましたら、これを渡すよう頼まれておった」

イッシェル様は、大きなカバンから一冊の本を取り出した。

「暇つぶしになれば……と、殿下からお預かりしたものじゃ」

渡されたのは植物図鑑で、開くとさまざまな植物が載っている。

それよりも気になる単語が聞こえた気がする。

「殿下……ですか？」

「そうじゃ、とても心配しておられたよ」

イッシェル様は笑みを浮かべると、部屋を出て行った。

たしか、殿下って王子様や王女様を呼ぶときに使う言葉だったはず。

そんな尊い方がわたしのことを心配する？

いくら考えても答えは出ないので、手元にある植物図鑑を見ることにした。

初めての調査のときは、かぼちゃとひまわりの種しか思いつかなかった。

図鑑を見ることで、いろいろな種を知って覚えて、生み出せるようになるかもしれない。

そう思ってページをめくっていくと、なぜかするすると覚えることができた。

今までは覚えようとすると頭にモヤがかかっていて時間がかかっていたんだけど……。

もしかしたら、グレン様が状態異常を治してくれたおかげかもしれない。

渡された図鑑は野菜や果物を中心としたもので、収穫したあとの調理方法まで書かれていた。

この種がこういう風に育ってこういう実をつけて、収穫したらこういった調理方法でこんな料理になる……なんて、想像しながら見ていたらあっという間に時間が過ぎていった。

＋＋＋

部屋で過ごすこと数日、やっとイッシェル様から、いつもどおりに生活していいという許可をもらった。

これでようやく王立研究所へ行くことができる。

植物図鑑を見たおかげで、頭の中には生み出してみたい種がいっぱいある。

トリス様のお迎えを今か今かと待ち構えていた。

「元気になったみたいっすね！」

トリス様はわたしの姿を見るとにぱっと笑った。

「はい、ご迷惑おかけしました」

わたしはそう言って頭を下げた。

そうだ、今ならこの間、疑問に思ったことが聞けるかもしれない。

「あの、ずっと気になっていたんですけど、わたしは灰色のローブを羽織らなくてもいいのでしょうか？」

「チェルシー嬢は着るとしても灰色じゃないっすよ。そもそも新種のスキルに目覚めた者の場合は、着用の義務もないっす。気にしなくて大丈夫っすよ」

トリス様はわたしの質問に驚いた顔をしたまま、答えてくれた。

「なんか、雰囲気変わったっすね」

「何のことでしょう？」

わたしはわからず首を傾げた。

「いや、何でもないっす！」

トリス様は頬をポリポリかくと歩き出した。

わたしも植物図鑑を抱えながら一緒に歩き出す。

向かった先は日当たりの良い、わたし専用の研究室。

部屋の中にはグレン様がいて、いつもと同じ天使様のような優しい微笑(ほほえ)みを浮かべていた。

「あとはよろしくっす！　俺は畑に行ってくるっす！」

トリス様はわたしを部屋へ送り届けたあと、いそいそと出て行った。

本当に畑仕事が好きなんだね。

「トリスはチェルシーが生み出した種を植えるための畑を作っているんだよ」

グレン様がトリス様の背中を見送りながら、そう言っていた。

「本当に願ったとおりの種かどうかは、育ててみないとわからないからね」

「そう考えると、わたしのスキルの調査や研究って時間がかかるものなんですね」

わたしは思ったことを口にした。

すると、グレン様もトリス様と同じように驚いた顔になった。

「どうかなさいましたか？」

不思議に思って首を傾げると、グレン様はわたしの頭上をじっと見つめた。

「……あの状態異常の中には、身体だけでなく精神にも影響を及ぼすものがあった。それが解消された結果、普通に会話ができるようになったということかな……」

グレン様はブツブツと何かつぶやいているけど、まったく聞こえない。

しばらくすると、グレン様はわたしの頭をぽんぽんと撫(な)でた。

「体調もよさそうだし、今日からいろいろなことについて教えるね」

グレン様はそう言うとわたしの手を取り、テーブルへと案内してくれた。

そして、向かい合わせに座る。

「よろしくお願いします」

姿勢を正して座り、しっかり頭を下げた。

「そこまで畏(かしこ)まらなくていいよ。まずは魔力について、基礎的なところから話そう」

グレン様はそう前置きをすると話し出した。

「一般的に魔力と言われるものは、普通の者には見えないけど、どこにでも存在している。空気にも水にも土にも含まれている。生き物は、それらを取り込みながら生きている」

わたしはグレン様の水色の瞳を見つめながら、頷く。

「その取り込んだ魔力は、体の中にある『魔力壺(つぼ)』と呼ばれている見えない入れ物に溜(た)まる。スキルや魔術を使うときに魔力は消費されて、食べたり眠ったりするとまた溜まるってわけだ」

「わたしが突然眠ったのは、『魔力壺』が空になって、魔力を溜めるために眠った……ということでしょうか？」

「正解」

わたしの言葉に、グレン様は嬉しそうに笑った。

「ここまでは誰もが知っている話で、ここからが今日の本題。実は最近の研究で、おいしい食事を摂ると『魔力壺』が大きくなることがわかったんだ」

グレン様はそう言って楽しそうに話し出す。

「王侯貴族は平民と比べて、どうして魔力の総量が多い……すなわち『魔力壺』が大きいのか、ずっと疑問に思っていたんだけど、それは幼いころから質の良いおいしい食事を摂っていたからだったんだ。今後、平民にも質の良いおいしい食事を配ることができれば、『魔力壺』が大きくなって、ゆくゆくは豊かな暮らしができるようになる。《清潔》の魔術を誰もが使えるようになれば、疫病も減るんだ」

そこまで話すと、グレン様はハッとした表情になり、口元を手で押さえた。

ほんの少しだけ、頬が赤い気がする。

グレン様は一度、咳ばらいをするとまたいつものような優しい微笑みを浮かべた。

「というわけで、今日からチェルシーにはおいしい食事を摂って『魔力壺』を大きくしてもらい、魔力の総量を増やしてもらうよ」

「はい？」

わたしが驚いている間に、グレン様はテーブルの上に置いてあったベルを鳴らした。

するとノックの音がして扉が開き、ジーナさんがカートを押しながら入ってきた。

それを見たグレン様はわたしの手を取りテーブルからソファーへと移動する。

ジーナさんはテーブルに白いクロスを掛け、わたしが座っていた椅子に高さのある大きなクッションを置いた。

そのあとはわたしとグレン様に一礼してカートを押しながら部屋を出て行った。

今度はマーサさんがカートを押しながら入れ替わりでやってきた。

甘い香りがする。

ごくりと生唾を飲み込むと、隣に座るグレン様に頭をぽんぽんと撫でられた。

マーサさんは手際よく、お菓子の載ったお皿と紅茶をテーブルに並べると、さっと壁際に立った。

「準備ができたようだし、戻ろう」

グレン様はそう言うとまた、わたしの手を取ってテーブルまで連れて行ってくれた。

そして、高さのあるクッションつきの椅子に座った。

目の前には色とりどりのおいしい食事ではなく、お菓子が並んでいた。

「うわぁ……かわいい」

わたしが思ったことを口にするとグレン様はいつにも増して優しく微笑んだ。

「おいしい食べ物であれば効果は変わらないから、お菓子を用意してもらったよ。さて、『魔力壺』を大きくするためにお茶会を始めようか」

「お茶会なんて、生まれて初めてです」

わたしは嬉しくなって、頬を緩ませてしまった。

その途端、グレン様の動きが止まった。

壁際に立っているマーサさんまで目を見開いて驚いた表情をしている。

まずい！　つい、気が緩んで笑ってしまった！

あれほど、母であるメディシーナ様と妹のマーガレット様に、笑うなと言われていたのに……。

わたしは慌てていつもの無表情に戻って、下を向いた。

「……ひどいものをお見せしてしまって、ごめんなさい」

すぐに謝るとグレン様から不思議そうな声が聞こえてきた。

「何のこと？」

「わたしの笑顔は、人に見せられないほど不細工なものなので……」

「誰がそんなことを言ったんだ？」

「母のメディシーナ様と妹のマーガレット様です」

わたしの言葉を聞いたグレン様はガタンッという音を立てて、立ち上がった。

テーブルが揺れて、カップに入った紅茶が揺れている。

驚いて、立ち上がったグレン様を見上げた。

「どうして、母と妹なのに、様付けしているんだ？」

「わたしは出来損ないなので、しつけの一環としてそう呼ぶよう言いつけられています」

「……聞けば聞くほどひどい……」

グレン様はそうつぶやくと、ため息をつきつつ椅子に座りなおした。

「驚かせてしまって、ごめんね」

「いえ、わたしが笑ったのが悪いので……」

わたしがそう言うと、グレン様は眉間にシワを寄せた。

「はっきり言うけど、チェルシーはとてもかわいらしいよ。決して、不細工じゃない。だから、笑いたいときに笑っていい」

グレン様はじっとわたしの目を見ながらそう言った。

壁際に立つマーサさんも何度も力強く頷いている。

そんな風に面と向かってはっきりと肯定されたのは初めてだったので、どうしていいのかわからなかった。

「それと、家でしつけとして教えられていたことはすべて忘れるように。これからは俺がいろいろなことを教えていくから、そちらを覚えてね」

「はい、わかりました」

国の認定を受けた鑑定士で、わたしの体を治してくれたグレン様がそう言うのだから、信じよう。

そう思って、わたしは素直に頷いた。

「改めて、食べようか」

「はい」

わたしは頷いたあと、大地の神様に祈りを捧げて、テーブルの上のお菓子へと視線を向けた。

お菓子はすべて、一口か二口で食べられるほど小さなサイズになっている。

「お菓子の名前も覚えたほうがいいね」

グレン様はそう言って、ひとつひとつ丁寧に教えてくれた。

ざくざくとした食感のパンみたいなものは、スコーンと言って普段はもっと大きいサイズらしい。

これにはジャムやクリームを添えて食べるのだそうだ。

小さなカップに入ったピンク色のものはイチゴのゼリーで、ぷるんぷるん揺れていた。

他にこげ茶色の塊のチョコレートというものがあって、ひと粒食べただけで幸せな気持ちになった。

三種類食べたところで、お腹がいっぱいになってしまった。

テーブルの上にはまだ食べたことがないお菓子が並んでいる。

『魔力壺』を大きくするためにムリにでも食べたほうがいいのかな?

「おいしいと感じられる範囲で食べるように。無理矢理詰め込んでも効果はないんだよ」

わたしの考えていることがわかったのか、グレン様がそう教えてくれた。

「あとはゆっくりお茶を飲みながら、いろいろな話をしよう」

このあとは、食べることができなかったお菓子の名前を教えてもらって過ごした。

+++

お昼ごはんを挟んで、午後になると、トリス様がトレイを二つ抱えてやってきた。

白いローブのところどころに土がついているので、午前は畑仕事をしていたのだとわかる。

トリス様はテーブルにトレイを置くと、にぱっと笑った。

片方のトレイは空っぽで、もう片方には根っこのついた花があった。

「種と花を庭師のおっちゃんからもらってきたっす。これはカスミソウという花っす。今日はこの種を生み出してほしいっす」

トレイをよく見れば、端っこに種らしきものがあった。

どうやら、カスミソウと呼ばれる花の種は、とても小さいらしい。

じっくりと種と根っこつきの花を観察したあと、姿勢を正してスキルの名前を口にした。

「カスミソウの種を出します――【種子生成】」

ぽんっという軽い音のあと、空っぽのトレイにとても小さな種が現れた。

トリス様は二つのトレイに載った種を何度も見比べるとうんうんと頷いた。

「色も形も同じに見えるっすね。こういう小さな種はなかなか芽が出ないんで、念のため、あと四粒ほどよろしくっす」

「わかりました」

わたしは返事をしたあとに、四回連続で種を生み出した。

「次は大きな種がいいっすね。また見本もらってくるっすか」

どれくらいの大きさの種が出せるかという調査なのかもしれない。

そこでふと、植物図鑑に載っていた大きい種を思い出した。

わたしはすぐに、持ってきていた植物図鑑を開いて指し示す。

「これなんてどうでしょうか?」

わたしが開いて見せたのは、暖かい場所で育つというヤシという植物の種で、その中でもココヤシという木の実の中にジュースが詰まっているもの。

「ココナッツか。そういえば、これも種だったね」

グレン様はソファーから立ち上がると、興味深げな表情をして、わたしの隣に立った。

一方トリス様はといえば、植物図鑑を食い入るように見ている。

「こんなのあるっすか。気になるんでこれをよろしくっす!」

「わかりました。では……ココヤシの種を生み出します――【種子生成】」

スキルの名前を言い終わるのと同時に、トレイの上にごろんといった感じで茶色い種が現れた。

大人の手のひらくらいの大きさがある。

「これがココナッツっすか! 本当に大きいっすね!」

トリス様はにぱっとした笑みを浮かべながらココヤシの種を観察している。

「植物図鑑で見た種も生み出せるんだね……」

グレン様はそうつぶやくと、口元に手を当てながらわたしの顔を覗(のぞ)き込んだ。

「そうみたいです。これでいろいろな種が生み出せますね」

生み出せる種が増えれば、スキルの調査や研究が捗(はかど)るので、わたしは素直に喜んだ。

「ココナッツは大きいんで、とりあえずひとつでいいっす。他にも図鑑で見た種を出してほしいっす」

わたしはトリス様の言葉に頷くと、生み出してみたいと思っていた種を次々と出した。

「イチゴとメロンとモモの種です」

「全部、甘くておいしい実がなるものっすね。育つのが楽しみっすね！」

トリス様は目をキラキラさせながら、種を見つめていた。

育つのに時間はかかるけど、わたしもとても楽しみ！

「それじゃ、九回スキルを使ったんで、今日の調査は終わりっす。明日は休みなんで、明後日(あさって)の朝、迎えに行くっすね」

トリス様はそう言うとトレイを持って、スキップしながら部屋を出て行った。

5. とお休みの過ごし方

今日は王立研究所の関係者は全員お休みで、特別な許可を取った人以外は建物の中に入れない。

朝食を食べている間、ジーナさんがそう説明してくれた。

「チェルシー様も王立研究所の関係者でございますので、本日はお休みなさってください」

「お休みって何をすればいいんですか?」

わたしはジーナさんに向かって首を傾(かし)げた。

ユーチャリス男爵家にいたころは、高熱を出して動けないとか前日のムチ打ちの影響で動けないとかそういったとき以外に休んだ記憶はない。

ここに来てからは、状態異常を治してもらった反動で眠っていた三日間と、治癒士のイッシェル様から動いてもいいという許可が出るまでのベッドで過ごした数日間……つまり、体調が悪いときしか休んでいない。

「元気なときにお休みをいただくのは初めてなんです」

「チェルシー様がしたいと思うことをなさるのが一番よろしいかと……」

ジーナさんは困ったような表情をしてそう答えた。

「わたしがしたいこと……したいこと？　う～ん」

考えてみたけど、特にこれと言ってしたいことが思いつかない。

「いつもジーナさんとマーサさんにお世話になっているから、お礼がしたいくらいかな……？」

そう言うと、二人はそろって口元に手を当てて涙ぐんだ。

そんなに変なこと言ったかな？

「チェルシー様のお気持ちは大変うれしく思います」

「お礼は今の言葉だけで十分伝わっていますから！」

二人はそう言って首を横に振った。

他にしたいことなんて思いつかないんだけど……困ったなぁ。

う～んう～んと唸(うな)っていたら、マーサさんがぽんっと手を打った。

「施設見学なんてどうでしょう？　チェルシー様はまだ、王立研究所と宿舎以外の場所へは行ったことございませんよね？」

「はい、ないです」

わたしが頷(うなず)くと、マーサさんがにこにこと微笑(ほほえ)んだ。

「城塞内にはいろいろな施設があるんですよ！　そちらを見学してはどうでしょうか？」

「マーサにしては名案ね。騎士団や魔法士団の場所も知っておいて損はありません」

ジーナさんの言葉を聞いたマーサさんが胸を反らして偉そうなポーズをしてみせた。

そんなマーサさんにジーナさんがパシッと軽くお腹（なか）を叩（たた）くふりをする。

二人の様子が面白くて、頬が緩んだ。

すると、マーサさんがとても嬉（うれ）しそうな、ジーナさんは泣き笑いの表情になった。

耳の奥で母であるメディシーナ様の叱責の声が聞こえる気がする。

それと同時に、グレン様の『笑いたいときに笑っていい』という言葉を思い出す。

わたしは、グレン様を信じると決めたんだ。

家でしつけと称して教えられたことは忘れる。

わたしは頭の中で、メディシーナ様の言葉をパッと払いのけた。

「チェルシー様の笑顔は周りを幸せな気持ちにさせる、とてもかわいらしいものです」

「楽しいことや面白いことがあれば、どんどん笑ってくださいね！」

「はい」

わたしは、二人の言葉に頬を緩めながら頷いた。

＋＋＋

食後の紅茶を飲んでいる間に、ジーナさんが部屋の外へ出て行った。

しばらくするとノックの音がして、ジーナさんと一緒に見知らぬ男の人が入ってきた。

真っ黒な短い髪が印象的な背の高く肩幅のある人で、廊下に見張りとして立っている騎士たちと同じ小さくて黄色いマントを片方の肩につけている。

年齢はグレン様より上だと思う。トリス様とは同じくらいかもしれない。

「私はサージェント辺境伯の次男、マルクスフォートだ。第二騎士団の副長を務めている。ぜひ、マルクスと呼んでくれ」

「初めまして、ユーチャリス男爵の娘、チェルシーと申します」

わたしは慌てて立ち上がると、頭を軽く下げた。

いろいろあってまだ貴族らしい挨拶の仕方を覚えていない……。早く覚えないと……！

「とてもかわいらしいお嬢さんと出会えて光栄だよ。今日は私と施設見学に行かないかい？」

どうやら、ジーナさんが案内人としてマルクス様を連れてきてくれたらしい。

でも、第二騎士団の副長なんてとても偉い方に案内させるなんて……まずいんじゃない？

「あの、わたしのような者とよろしいのですか？」

確認のためそう尋ねると、マルクス様はニカッとした笑みを浮かべた。

白い歯が眩しい……。

「むしろ、チェルシー嬢、君がいい。さあ、行こうか」

「は、はい」

わたしは勢いに飲まれて、マルクス様と一緒に部屋を出た。

部屋を出ると見たことのない騎士が二人立っていた。

「この二人は今日の君の護衛だ。いないものとして扱うといい。貴族であれば、こういったことにも慣れなくてはな」

目の前にいるのにいないものとして扱うってとても難しいと思うんだけど……。

でも、貴族であれば……と言っているので、慣れるようにがんばろう。

わたしは護衛の騎士に向かって、ぺこりと頭を下げた。

二人ともマルクス様と同じようにニカッとした笑顔を向けてくれた。

「城塞内にはさまざまな建物や施設がある。王族が住まう居城、政治の中枢である王城、迎賓館、騎士団の詰め所や魔法士団の研究所、図書館、大庭園……あげたらキリがないな。まあ、はっきり言うと、一日では見学しきれない」

マルクス様はそう言いながら、宿舎を出ると北へ向かって歩き出した。

「今日は城塞内の西側を主に案内する。まずは宿舎に一番近い建物から。実はすぐ北には第二騎士団の詰め所があるんだ。何かあったら、すぐに駆け付ける」

北に向かって歩いていくと、宿舎の隣に同じ茶色いレンガで出来た建物があった。

入り口の横壁には黄色い布が貼られていて、何やら紋様が描かれている。

「黄色は騎士団の印なんだ。チェルシー嬢の部屋の前にいる護衛も騎士団員だ。第二騎士団の本部はまた別の場所にある」

　マルクス様はまた、ニカッとした笑みを浮かべた。

「第二騎士団の詰め所の向かい、王立研究所の隣には図書館がある。チェルシー嬢ならば、自由に借りて読むことができる。君はスキルの関係で植物図鑑を読んでいるらしいが、たまには普通の本を読んでみるのもいいかもしれないな」

「読んでみたいです」

　わたしはマルクス様の言葉に頷いた。

　ユーチャリス男爵家の屋敷にいたころ、ちゃんと文字が覚えられたのか確認したくて、こっそりと絵本を読んだことがあった。

　とても貧しい生まれの少女が魔法使いの力によって変身を遂げる……そんな話の内容で、いつかわたしにも魔法使いが現れて……なんて、夢見たこともあった。

　すぐに見つかって没収されてしまったけど、とても楽しかったのを覚えている。

　それを読むことができるなんて……！

　ワクワクしながら、図書館へと向かった。

　図書館は塔のように丸くとても高い建物だった。中は壁一面に本があり、驚くほど暗かった。

「本は日に当てると色褪(いろあ)せるから、日差しを遮って保管しているんだ。本を探す場合は、魔術の

《灯り(ライト)》を使うか、魔道具を借りるといい」

わたしは魔術が使えないので、ランタンの形をした魔道具を借りて読みたい本を探すことにした。

「私のオススメはこのあたりにある物語だ」

どれにしたらいいかわからなくて迷っていたら、マルクス様がそう言って物語がある場所へと案内してくれた。

その中から、『妖精物語』という本を選び、借りることにした。

花から妖精が生まれて王子様と恋に落ちるというお話らしい。

わたしが生み出した種から妖精が生まれたら……？

なんて考えが浮かんでとても楽しくなった。


次にやってきたのは、整備の行き届いたとても広い庭園だった。

「ここは西の大庭園と言われていて、よくガーデンパーティが行われている。ここは変わった場所で、中央から北側は王族の居住区域につながっているため立ち入り禁止となっている。近づいても結界が張られていて、許可を得た者以外は入ることができない」

マルクス様はそう言うと、結界が張られているという場所をコンコンと叩いた。

たしかに、見えないけど、窓ガラスのような壁があるみたい。

結界があるなら間違って入ってしまう……なんてこともなくて安心だね。

「アーチの向こうには温室がある。休憩スペースもあるのでそこへ向かおう」

わたしはマルクス様に促されるまま、温室へと向かった。

中へ入ると、色とりどりの花が咲き乱れていて驚いた。

「うわぁ……きれい……！」

「気に入ってもらえたようでよかった。……そうだ、忘れ物をしたようだ。しばらくここで待っていてくれ」

「はい」

マルクス様はわたしを温室へ案内すると、さっと外へ出て行った。

待つように言われたので、周りにある大小さまざまの花を見ていた。

その中でひとつだけ気になる花を見つけた。

花びらがたくさんある薄桃色の花。わたしの髪色に近い。

いつかこういった花の種も生み出したい。

じっと花や茎を観察していたところ、温室の扉が開く音がした。

マルクス様が戻ってきたのかと思って振り返ると、そこには妹のマーガレット様が立っていた。

マーガレット様はユーチャリス男爵家の屋敷にいたときに着ていた、色鮮やかな真っ赤なドレスを着て、髪をひとつにまとめていた。

家にいたころはずっと下ろしていたので、とても珍しい。

よくよく見れば、肌は荒れていて、髪の艶もなくなっている。

わたしがじっとマーガレット様を見ているのと同じように、マーガレット様もわたしのことを頭の上からつま先までじっと見つめていた。

しばらくするとマーガレット様はわなわなと震え出して叫んだ。

「なんであんたみたいな不細工が、そんな……きれいな恰好（かっこう）しているのよ！」

不細工……それは家にいたころ、マーガレット様によく言われていた言葉。

でも、ここに来てからは他の誰からも言われたことはない。

「わたくしの服と取り換えなさい！　これは命令よ！」

命令よ！……これは母であるメディシーナ様がよく使っていた言葉。

マーガレット様に言われるのは初めてだと思う。

「どうして、マーガレット様と服を取り換えなければならないの？」

今までだったら、絶対に口にしなかった言葉がするりとこぼれた。

「この服はわたしの部屋にあったもの。マーガレット様もわたしと同じような部屋を与えられているんでしょう？　ウォークインクローゼットの中に似たような服があると思う」

新種のスキルに目覚めた者と制御訓練生に差があるなんて聞いていないので、きっと同じような扱いを受けているはず。

部屋も同じような広さで専属メイドもいて、ウォークインクローゼットにはたくさん服が入っているんじゃないの？

勢いに任せてそのまま思っていることを伝えた。

すると、マーガレット様は目を見開き、顔を真っ赤にさせて、手を振り上げながらわたしに向かって突進してきた。

家にいたときみたいに叩かれる！

そう思って、身構えつつぎゅっと目を閉じたんだけど、何もされない。

ゆっくりと目を開けると、わたしとマーガレット様の間に護衛の騎士が立っていた。

「な、なによ！」

「我々はチェルシー様に害をなす者は、すべて排除するよう命ぜられております」

護衛の騎士の言葉にマーガレット様はさらに顔を赤くした。

「わたくしはそれの妹なのよ！　害をなすのではなくて、しつけをするのよ！」

マーガレット様は護衛の騎士を押しのけて、わたしに向かってこようとしたけど、できなかった。

あっという間に騎士がマーガレット様の腕を摑んで捻り上げてしまった。

「い、いたい！　離して！　離しなさいよ！」

マーガレット様がそう叫び、ジタバタと暴れているけど、護衛の騎士は手を緩めようとはしない。

そうこうしているうちに、バスケットを抱えたマルクス様が温室の扉を開いた。

マルクス様は腕を捻り上げられているマーガレット様を見て、眉をひそめた。

「騎士様！　助けてください！　姉にしつけをしようとしたらこんなことになって！」

そんなマルクス様の様子に気づいていないマーガレット様はそう叫んだ。

もう一人の護衛の騎士がマルクス様のそばまでいくとボソボソと何かを伝えている。

するとマルクス様は何度か頷いて、マーガレット様を無視して歩き出した。

そしてわたしのそばまでやってくるとニカッとした笑みを浮かべた。

「待たせてすまない。これを受け取りに行くのを忘れてね」

マルクス様はそう言うとバスケットのフタを少し開けて、中身を見せてくれた。

バスケットの中からはベーグルと飲み物の入ったボトルが顔を覗（のぞ）かせていた。

「お待ちしておりました、マルクス様。とてもおいしそうですね」

わたしがそう答えるとマーガレット様がすがるような声で叫んだ。

「騎士様はマルクス様とおっしゃるの？　わたくしはユーチャリス男爵の娘で、アクロイド侯爵の孫なの！　この不埒（ふらち）を働いている騎士を止めてくださいませ！」

すると、マルクス様は盛大にため息をついて、振り返った。

「俺はまだ、おまえに自己紹介をしていない。勝手に名前で呼ぶことを許してもいない。王侯貴族を許可なく名前で呼ぶことは不敬だと、教わらなかったのか？」

表情は見えないけど、とても低い声で話しているので怒っているのだとわかる。

わたしと会話をしている間は、『私』と言っていたのに、マーガレット様には『俺』と言っているのもあって、とても怖く感じる……。

マーガレット様はそんなマルクス様から視線をそらすと、顔を青くして黙った。

もう一度、マルクス様は盛大にため息をつくと、くるりとこちらを向いた。

マルクス様の表情には怒り……ではなく、ニカッとした笑みが浮かんでいる。

そして、バスケットを抱えていないほうの腕で、わたしを軽々と抱え上げた。

「ふぇ!?」

「さあ、行こう。落ちないようにしっかり摑まっていなさい」

変な声を出したけど、マルクス様はそんなこと気にしていないようだ。

わたしは言われたとおりに落ちないよう、マルクス様の首というか頭をぎゅっと抱きしめた。

抱きかかえられたまま、温室の中を進んでいくと、開けた場所についた。

木製のテーブルと椅子が置かれてあるので、休憩スペースらしい。

マルクス様はゆっくりとわたしをクッション付きの椅子に下ろすと、テーブルの上にバスケットを置いた。

そして、その場で頭を下げた。

「一時とはいえ、そばを離れて大変な目に遭わせてしまった。すまない」

「いいえ、護衛の騎士さんのおかげで、わたしはなんともなかったので。頭を上げてください」

わたしは必死になってマルクス様に頭を上げるよう促した。

そもそも、ユーチャリス男爵の娘とサージェント辺境伯の息子だったら、後者のほうが身分が上。

そんな身分が上の方に頭を下げさせるなんて……絶対ダメ！

マルクス様が頭を上げてくれたのでほっとしたんだけど、すぐにもう一度頭を下げられた。

「さらに緊急事態だったとはいえ、令嬢を抱え上げるなど、大変失礼なことをした」

「わ、わたしは気にしていないので、大丈夫です。頭を上げてください」

再度、わたしが頭を上げるよう促していたところへ、足音が聞こえてきた。

マルクス様はさっと頭を上げると、身構えた。

やってきたのはさきほどまで護衛をしてくれていた騎士で、真剣な表情をしながらマルクス様に近づき、何やらボソボソと伝えている。

「……そうか、わかった」

真剣な表情でそう答えると、護衛の騎士はもと来た道へと戻っていった。

マルクス様はまたニカッとした笑みを浮かべると、バスケットの中身をテーブルに広げ始めた。

わたしも手伝おうと思い立ち上がったけど、手で制されてしまった。

飲み物の入ったボトルとカップを置き、バスケットはフタを開いたままにすれば、準備完了。

「温室は暑いだろうからと、冷えた果実水をボトルで預かってきた」

マルクス様はボトルからカップに豪快に冷えた果実水を入れると、そっとテーブルの上に置いた。

「それでは食べようか」

「はい」

大地の神様に祈りを捧げたあと、四分の一サイズにカットされたベーグルを手に取った。

マルクス様もベーグルを手に取り、口に放り込むように食べていく。

パンのようにちぎって食べなくてもいいのかもしれない。

そう思って、わたしはベーグルにかじりついた。

ベーグルの間には滑らかなクリームチーズと塩気のあるハムとレタスが挟まっていた。

「歩き回ったあとだから、塩気があるとなおさらうまいな」

「はい、とてもおいしいです」

口に入っていた分をすべて飲み込んでから答えた。

わたしは四分の一個分食べたところで、お腹がいっぱいになった。

「お腹いっぱいなら残りはもらっていいか？」

果実水を飲みつつ頷くと、マルクス様はベーグルをパクパクと口に放り込んでいった。

すべて食べ終えるとマルクス様はわたしに視線を向けた。

「君には知っておいてもらいたいことがある」

マルクス様はそう話を切り出した。

「まずは、確認しておきたいのだが、さきほどの女はチェルシー嬢の妹だと言っていたらしいが、それは本当だろうか？」

「はい。似ていないけど、双子だと言われて育ちました」

「では本題だ。チェルシー嬢と君の妹とでは、王立研究所内における立場が違うというのは理解しているか？」

わたしはすぐに首を横に振った。

「チェルシー嬢は国から依頼を受けて王立研究所に来ている身。簡単に言えば、賓客だ」

賓客って大事なお客様のことだよね？　わたしが賓客？

広くて素敵な部屋を与えてもらったり、メイドや護衛の騎士がいたりする。

考えれば考えるほど、わたしはとても大事にされていることに気がついた。

「対して、あの女は義務として王立研究所に制御訓練を受けに来ている身。いわば、学生だ」

賓客と学生だったら、立場が違うのもわかる。

あれ？　もしかして、マーガレット様のお部屋はわたしの部屋みたいに広くないのかな？

専属メイドもいない……とか？

だから、屋敷にいたときと同じドレスを着ていて、肌は荒れていたんだ。

知らなかったとはいえ、マーガレット様にひどいことを言ってしまったかも……。

「今回、あの女は賓客であるチェルシー嬢に手を出そうとした。たとえ姉妹であってもそれは許されない行為だ」

マルクス様はそう言うと渋い顔をした。

ユーチャリス男爵家の屋敷にいたころは、しつけだと称して、たびたびマーガレット様からも叩かれていた。

ここは家ではない。

家にいたときと同じ振る舞いは成り立たない場所にいる。

「あの女の口ぶりから、家にいたころも頻繁にしつけと称して暴力を振るわれていたのだろう？

今後はチェルシー嬢にあの女を近づけないようにする。安心してくれ」

マルクス様は白い歯を見せながら、ニカッと笑った。

幕間3. マルクス

Interlude

昼食を済ませたあと、俺とチェルシー嬢は西の大庭園を散策した。

西の大庭園から見えるのは、王族が住まう居城、迎賓館、政治の中枢である王城。

用がない限り近づかないほうがいいと教えておいた。

新種のスキルに目覚めた者を利用しようとする貴族は多くいる。

そんなハイエナのような貴族に見つかって、言葉巧みに言いくるめられて気がついたら婚約が決まっていた……なんてことが起こっては大変だからな。

チェルシー嬢は笑みを浮かべなかったが、どこを案内してもとても珍しそうに目を輝かせていた。

虐待を受けていたという話は聞いていたが、今までの反応を見ているかぎり、住んでいた場所に監禁されていた可能性さえあるとみている。

ざっとだが、城塞内の西側を案内し終わると、王立研究所の宿舎へと戻った。

「何かあればすぐに周りの者に言うように。特に、チェルシー嬢の護衛を担当している第二騎士団は、全面的に君を守ると誓おう」

チェルシー嬢の部屋の入り口でそう伝えると、護衛を務めていた騎士たちも力強く頷(うなず)いた。

「はい。よろしくお願いします」

そして、チェルシー嬢は深々と頭を下げた。

貴族の令嬢らしくないその動きからも、つらかったであろう日々を想像してしまう。

極力明るく努めるために、ニカッと白い歯を見せて笑うことを心掛けた。

「マルクス様、案内してくださりありがとうございました」

俺は、その一言を心地よく受け止めその場を去った。


護衛を務めていた騎士たちと共に、詰め所へと戻った。

騎士はそのまま休憩に入り、俺は副長室へと入る。

「副長、おかえりなさい。あら？　何かありました？」

扉を開けた途端、そんな声が聞こえてきた。

声の主は副長補佐官であり、俺の婚約者でもあるステイシーだ。

「あったと言えばあった……」

「あなたにしては珍しくもったいぶりますね」

ステイシーはニコニコとした笑みを浮かべながら、机の上の書類を片付けていく。

本来であれば、俺が行うべき仕事なのだが、今日はチェルシー嬢の施設案内を引き受けたため、代わりにステイシーが書類仕事をこなしてくれていた。

俺は部屋の中をウロウロしたあと、ドカッという音とともにソファーに座った。

ステイシーはそんな俺をちらっと見るだけで、何も言わない。

俺が話すのを待っているのだろう。

「前に祖父母や両親、叔父たちが大事にしていたっていう叔母の話はしたよな？」

「ええ、あなたのご実家に挨拶へ伺ったとき、さんざん肖像画を見せられながら、聞きましたよ。生まれて間もないころのものから、成人後のドレス姿のものまで、本当にたくさんありましたね」

ステイシーは苦笑いを浮かべながら、そう語った。

「成人してすぐに『真実の愛を見つける』と言って出て行ったとも伺いましたね」

俺はその言葉に強く頷いた。

「実はその『真実の愛』の相手が、ユーチャリス男爵だったらしいんだ。どうやら、叔母が平民と偽って冒険者をしている間に出会ったらしい……」

ステイシーは驚きの表情を浮かべると、とっさに口元を隠した。

きっと、驚きのあまり大きく口を開けたのだろう。

「そして、叔母は平民と偽ったままユーチャリス男爵と結婚して、数年後、子をなさずに亡くなった……と言われている」

ステイシーが言外につづきを促すよう、視線を向けてきた。

俺はこの部屋にステイシー以外の気配がないことを確認すると、つづきを話した。

「……チェルシー嬢は、叔母の外見とそっくりだった」

「さきほどまで、マルクス様が案内をなさっていた方ですよね。たしか、新種のスキルに目覚めたというユーチャリス男爵の娘……!?」

「そうだ。叔母の肖像画とは髪の長さが違うだけで、あの独特なピンクゴールド色の髪とサージェント辺境伯家の特徴であるアメジスト色の瞳。痩せこけてはいたが顔立ちもそっくりだった」

「でも、叔母様は子どもを産んでいないという話でしたね……」

ステイシーはそう言うとじっと俺の顔を見つめた。

「ついでに今日、チェルシー嬢の双子の妹とやらにも会った。挨拶を交わしたこともない者から、いきなり愛称で呼ばれたぞ。平民と同じような態度を取る令嬢だったな」

俺は眉をひそめて、心底嫌悪感をあらわにした。

「その双子の妹とやらは、髪も瞳も真っ赤で、チェルシー嬢とはまったく似ていなかった。そこで、ふと思ったんだ……チェルシー嬢は、本当は叔母の子なんじゃないかって」

俺の言葉を聞いたステイシーは、俺の目を見つめてコクリと頷いた。

さすが俺の婚約者だ。話の理解が早くて助かる。

「調べてみる価値がありますね」

「頼めるか?」

「私を誰だと思っているのですか?」

「最上級の【検索】と中級の【鑑定】のスキル持ちで、俺の愛するステイシー」

間髪容れずにそう答えると、ステイシーはニコッとした笑みを浮かべた。

ステイシーの持つ【検索】スキルは、さまざまな情報の中から、欲しい情報だけを抜き出すというもので、図書館で欲しい本がどこにあるか探す、書類の束の中から必要な情報だけを抜き出す、人が集まる場所で【火魔法】スキル持ちだけを選ぶ……などといったことが可能だ。

「ふふっ。お任せください。でも、その前にこの書類を片付ける必要があります」

「それは本来、俺がやるべき仕事だろう。ステイシーは俺からの特別任務を優先してくれ」

俺は立ち上がると執務机へと向かう。

そんな俺を見たステイシーは、容赦なく書類を執務机に置いた。

「では、よろしくお願いしますね」

ステイシーはそう言うとスキップでもしそうな軽い足取りで部屋を出て行った。

身辺調査についてはステイシーに任せておけば、問題ない。

他にやっておくべきこととしては、父であるサージェント辺境伯家当主に手紙を送ることだろう。

「不遇の姫を助けるのも騎士の仕事だ」

俺はそうつぶやくと目の前にある書類に目を通し始めた。

6. と精霊樹の種

お休みの翌日、午前中はグレン様と一緒に魔力の総量を増やすためのお茶会を行った。

今回はクリームたっぷりのパンケーキがメインだったので、食事のマナーを教えてもらった。

ナイフが右手でフォークが左手、口に入るサイズに切ってから口に運ぶ。

慣れない動きでとても苦労した。

でも、がんばって口に運べば、クリームの甘さとふんわりとしたパンケーキが口の中いっぱいに広がって、とてもおいしかった。

毎日おいしいものを食べているけど、本当に魔力の総量は増えているのかな？

【鑑定】のスキルがないと、自分自身のものでも魔力の総量は確認できない。

グレン様に頼んで鑑定してもらうという方法もあるけど、国の認定を受けた鑑定士様に頼むなんて畏れ多いのでやめておいた。

お昼ごはんを挟んで午後、トリス様が古びた巻物と辞書を持って現れた。

「前回、図鑑を見て種が生み出せたっす。それなら、幻の種とか絶滅した種とか載ってる文献とかからも出せるかもしれないっす！」

トリス様はそう言うと、テーブルの上に古びた巻物をころころと広げた。

古びた巻物には、大きな木や葉っぱの絵と見たこともない文字が書かれていた。

「なんて書いてあるんですか？」

「古（いにしえ）の文字で世界樹について書かれているらしいっす」

トリス様はそう答えたあと、辞書を開いて一文ずつ解読し始めた。

するとグレン様がソファーから立ち上がり、テーブル近くまでやってきた。

そして、広げられた古びた巻物をじっと見つめている。

「……これは世界樹ではなく、精霊樹の文献のようだ」

「へ？　精霊樹？　いや、それよりも古の文字が読めるっすか!?」

「ああ、スキルのおかげで」

もしかしたら【鑑定】のスキルがあれば、こういったものも読めてしまうのかも。

グレン様の言葉を聞いたトリス様は持っていた辞書をぽろりと落とした。

「古の文字が読めるなら、神殿の壁絵も国境付近にある石碑も読めるってことで……」

トリス様は早口で何かブツブツと言いつつ、虚空を見つめていた。

普段のおっとりとした口調とは違っていたのでまったく聞き取れなかった。

「精霊樹とは、『瘴気（しょうき）を祓（はら）うことができる精霊を生み出す木』だそうだ。原初の精霊樹から挿し木で増やすことができ、葉は魔力回復薬の材料となり、幹には瘴気を寄せ付けない効果があるらしい」

グレン様は様子のおかしいトリス様を放置して、古びた巻物に書かれている内容を教えてくれた。

精霊を生み出す木だなんて、まるで図書館から借りた『妖精物語』みたい……！

挿し木というのは、枝とか茎を切って、直接土に挿すことで増やしていく方法。

庭師のおじいさんがよくやっていたので覚えている。

「原初の精霊樹は大昔に山火事で燃えたらしくて、もうこの世界にはないとも書かれているね」

「種については書かれていないんですか？」

「ここには書かれていないようだね」

今までの調査では、実物や図鑑などで種や育った植物の様子などを見て知って覚えたものだけ、種を生み出すことができている。

精霊樹の種について書かれていないのなら、生み出せるかどうかわからない。

「チェルシーのスキルは願ったとおりの種を生み出すスキルだ。種について書かれていなくても、願えば生み出せるかもしれないよ」

「願えば……そうですね。まずはこの巻物をしっかり見ます」

わたしは古びた巻物に描かれている精霊樹の葉や茎、育ったときの様子などをじっと見つめる。

注釈が書かれているところは、グレン様に聞いて種以外についても理解を深めた。

「そろそろ、やってみます！」

どんなことでも試してみないとわからない。

そもそもこれってそういう調査だもんね。

わたしは両手を組んで祈るようにつぶやいた。

「精霊樹の種を生み出したい――【種子生成】」

すると普段よりも大きなぽんっという音とともに、広げてあった古びた巻物の上にころんっと何かが転がった。

それはわたしの拳よりも少し大きくて、両手で隠せるくらいの丸い透明なガラス玉だった。

「ハッ……！　精霊樹の種を生み出したっすか!?って、ガラス玉に見えるっすね」

わたしとグレン様が話している間、ずっと虚空を見つめてブツブツ何かをつぶやいていたトリス様は、種を生み出した途端、我に返ったようで、いつものおっとりとした口調で話し始めた。

トリス様はいろいろな角度から、透明なガラス玉を観察している。

グレン様はといえば、珍しく目を見開いて驚いていた。

「どうでしょうか？」

おそるおそるそう尋ねてみると、グレン様は口元に手を当てて言った。

「いや、俺の【鑑定】では『精霊樹の種』と出ている」

「おお！」

トリス様が喜びの声を上げて、精霊樹の種を触ろうとしたところ、グレン様が手で制した。

「正しくは『チェルシーが生み出した精霊樹の種』とあって、注釈には『チェルシー以外触るな。チェルシーのそばで、日当たりがよく広い土地に穴を掘り、手早く埋めよ』と書かれている……」

わけがわからなくて、口をぽかんと開けてしまった。

しばらくの間、三人とも黙っていたけど、ずっとこのままにしてはおけない。

「……チェルシーのそばで、ちょうどよい土地と言ったら、この研究室の外だろう。そこに埋めてみるか」

グレン様の言葉にわたしは、ゆっくりと頷(うなず)いた。

+ + +

「許可をもらってきた」

そう言いながら、グレン様が部屋に戻ってきた。

いつも使っている部屋はわたし専用の研究室なので、好きに使ってもかまわないけど、外については所長やもっと偉い人の許可が必要らしい。

「ではさっそく植えるっす！」

トリス様はそう言うとすぐに、古びた巻物を抱えて、研究室の外へとつづく扉を開けた。

研究室の外は一面芝生で、わたしの宿舎の部屋と同じくらい広かった。

「植える場所は、建物からできるかぎり離してくれ」

「このあたりでどうっすか？」

「ああ、いいだろう」

トリス様が指した場所は王立研究所の建物から馬車三台分離れたところだった。

「じゃ、ここに穴を空けるっす！――【土魔法】」

ゴゴゴという音とともに精霊樹の種が入りそうな穴がぽっかりと空いた。

初めて【土魔法】のスキルを見たけど、たしかにこれがあれば畑仕事が捗って楽しそう！

「ささ、この穴に種を落とすっす。蒔くんじゃなくて埋めるってことっすから、少し深く穴を掘ったっす！」

「わかりました」

わたしはトリス様の言葉に頷くと、穴のそばまでいき、両手で持っていたガラス玉そっくりの精霊樹の種を落とした。

なんだかとても深い穴だったような気がする……。

「それじゃ今度は埋めるっす！――【土魔法】」

トリス様がスキル名を口にすると、ゴボッという音がして、穴が塞がった。

少しだけこんもりとした土の山を三人でしばらくじっと見ていた。

「すぐに芽は出ないですよね」

わたしがそうつぶやくとグレン様もトリス様もうんうんと頷いた。

【鑑定】で知った注釈がとても変わっていたから、勘違いしてしまったらしい。

そしてその場から立ち去ろうとしたところで、地面がぐらぐらっと揺れ出した。

突然の揺れで転びそうになったところを、グレン様がさっと抱え上げてくれた。

いわゆるお姫様抱っこと言われる形になって、驚いた。

「ありがとうござ……!?」

お礼を言いかけていたところで、ドゴッという大きな音がして地面から何かが生えてきた。

それは埋めた精霊樹の種と同じガラスのようなもので、キラキラ輝きながら伸びていく。

そして、わたしの身長と同じくらいまで伸びると今度はガラスの葉っぱをわさわさと生やした。

芽が出たというより、木が生えたと言ったほうがあっていると思う。

わたしは驚きすぎて、グレン様にしがみついていた。

トリス様はすぐに古びた巻物に描かれているものと葉っぱや幹を比較し始めた。

「巻物に描かれている葉っぱと同じ形はしてるっす。でもガラスみたいに透明っすね」

グレン様はといえば、じっと見つめて……たぶん【鑑定】スキルを使っているみたい。

「『原初の精霊樹』だそうだ」

そうきっぱりと言った。

「原初の精霊樹は、もうこの世界にはないって……」

「新たにチェルシーが生み出したということだね」

グレン様は鼻がくっついてしまいそうな至近距離で優しく微笑んだ。

天使様のような微笑みが目の前で……って抱っこされたままだよ!?

わたしがアワアワしていると、グレン様はそっと下ろしてくれた。

「あ、ありがとう、ございます……!」

改めてお礼を言うと、グレン様は笑みを深めながらぽんぽんとわたしの頭を撫でてくれた。

トリス様はそんなわたしたちの様子を気にすることなく、ずっと精霊樹を観察している。

「おかしいっすね……。精霊樹は精霊を生み出すんじゃなかったっすか？」

グレン様が訳してくださった古びた巻物にはそう書いてあった。

「生み出すとは書かれていたけど、どういった条件かは書かれていなかったね」

「しばらく様子を見るってことっすか……」

グレン様はトリス様の言葉にうんうんと頷いた。

それからわたしたち三人は夕方までその場に留まった。

結局その日は、それ以上の変化はなかった。

＋＋＋

翌朝、ソワソワした様子のトリス様に連れられて、わたしは研究室へと向かった。

扉を開けるといつもとは違って、部屋が薄暗かった。

ここは王立研究所の中でも、一番日当たりのいい場所にあるのに……おかしい。

そう思って、部屋の中を進んでいくと窓辺にグレン様が立っていた。

そして、グレン様の向こう……窓の外には一面緑が広がって見える。

わたしは驚きのあまり、何度も瞬きを繰り返した。

「おはよう、チェルシー。俺が来たときにはすでにこの大きさだったんだよ」

「おはようございます、グレン様……一晩でとても大きく育ったんですね」

外へと出てみると、精霊樹は王立研究所の二階くらいの高さにまで成長していた。

見上げているとキラッと何かが光った。

気のせいかと思っていたら、何かがすごい勢いで落ちてきた。

そして、地面にぶつかる前にピタッと止まった。

落ちてきたのは、薄い布をまとった半透明な男の人で、ふわふわと浮いている。

その顔は人とは思えないほどきれいで、耳には精霊樹の葉っぱみたいな大きなイヤリング、首元にはじゃらじゃらと音がしそうなネックレス、それから地面につくくらいとても髪が長かった。

透けているし浮いているし、どう考えても人ではない……よね。

驚いていると、その半透明な男の人はわたしの顔ではなく、頭の上をじっと見つめてきた。

「我を生み出したのはそなただな。そなたであればよかろう」

半透明な男の人はうんうんと頷いたあと、指をパチンと鳴らした。

すると、音が聞こえなくなった。

さわさわという風に揺れる草木の音や遠くから聞こえてくる人の声、そういったものが一切しなくなって、慌てて振り返った。

するとグレン様とトリス様の動きがぴたりと止まっている。

「世界の理（ことわり）により、契約時は時が止まるようになっている」

半透明な男の人はそう言うと、勝手にわたしの左手を取った。

「我は精霊を統べる王、エレメント。我ここに汝（なんじ）と契約を交わす」

そう宣言すると同時に親指の爪がキラキラと輝いた。

そして、半透明な男の人がもう一度指をパチンと鳴らすと、音が聞こえるようになった。

「今から我のことは『エレ』と呼ぶように」

エレ様のつぶやきが聞こえると同時に、ぶわっと風が吹いた。

あまりにも強い風で一瞬目を閉じた。次に目を開いたときには、目の前にいたエレ様はいなくなっていた。

「あ、あれ？　消えたっすね。今のなんだったっすか？」

「契約を交わしたみたいです」

わたしは一瞬の出来事をグレン様とトリス様に説明した。

すると、グレン様はわたしの頭の上をじっと見つめて、眉をひそめた。

「本当に、精霊と契約を交わしたみたいだね。チェルシーの職業欄に『精霊王の契約者』というものが増えているよ」

グレン様の言葉を聞いたトリス様は、目を見開いて驚いていた。

「注釈に『精霊樹のそばであれば呼び出し可能』と書かれてるんだけど、呼んでみるかい？」

「はい。エレ様、いらっしゃいますか？」

わたしはグレン様の言葉にコクリと頷いたあと、そうつぶやいた。

するとふわっと優しい風が吹いて、わたしの目の前に銀色の毛色をした子猫がふわふわ浮きながら現れた。

両手に収まるくらいの大きさの子猫は、わたしの顔を見ながら言った。

『愛し(いと)の我が君、我のことはエレと呼び捨てでかまわぬぞ』

子猫から聞こえるのは、さきほどの半透明な男の人と同じ低い声。

わたしは吸い寄せられるように、ゆっくりと子猫姿のエレを両手で摑(つか)むと叫んだ。

「かわいい！」

子猫特有のふわふわした毛並みに、液体のように柔らかな体。

ユーチャリス男爵家にいたころは、庭から見かけたことはあっても触ったことはなかった。

「柔らかい～ふわふわ～！」

わたしは夢中になって子猫姿のエレを撫でまわしていた。

『そ、それくらいでやめよ！　わ、我は精霊を統べる王だぞ……！』

そんな声が聞こえてきたけど、あまりにもかわいくてふわふわでやめられない。

『ちょ、チェルシー様……！　お腹はだめ、ほんとやめ、やめてえええ……』

しばらくすると子猫姿のエレは息も絶え絶えな感じでぐったりしていた。


それからわたしたちは、研究室へ戻って話をすることになった。

部屋の中は、精霊樹が大きくなったことで日陰になっていて薄暗い。

「……お部屋、暗いですね」

「十分な距離をあけて植えたつもりだったけど……ここまで大きく育つとは思ってなかったよ」

わたしとグレン様がそう話していると子猫姿のエレの耳がピクリと動いた。

『ぬ……ならば昼の間は擬態を解いておく』

すると突然、パッと部屋が明るくなった。

外を見れば、精霊樹の緑色の葉っぱや茶色い幹が、みるみるうちにガラスのように透けてキラキラと輝き始めた。

もしかしたら、前よりも部屋が明るくなったかもしれない。

子猫姿のエレを抱っこしたままそんなことを考えていたら、ノックの音が響いた。

ジーナさんがカートを押しながら部屋に入ってきた。

そういえば、そろそろいつもの魔力の総量を増やすためのお茶の時間。

「お茶をしながら、話は聞こうか」

グレン様がそう言うとトリス様はハッとした表情になった。

「俺も話を聞きたいっす！　ちょっと、所長に断りを入れてくるっす！」

トリス様はそう叫びながら部屋を出て行った。

ジーナさんはカートを押してテーブルのそばまでいくと、わたしを見てピタッと動きが止まった。

よく見ると、わたしではなくて抱っこしている子猫姿のエレを見ているようだ。

ジーナさんは一瞬、蕩(とろ)けるような笑みを浮かべたけど、すぐにきりっとした表情に戻って、さっと準備を始めた。

テーブルには白いクロス、お皿に載ったおいしそうなお菓子とティーポットとカップ。

いつ見ても手早くひとつひとつの動作に無駄がなくて、すごくきれい……。

準備が整うと、ジーナさんは壁際に立った。

視線が子猫姿のエレにいっているので、猫が好きなのかもしれない。

「話を聞くのはトリスが戻ってきてからにするとして、先にお茶会を始めようか」

グレン様は優しく微笑むと、わたしの背中をそっと押した。

いつもと同じクッションの載った椅子の前に立ったとき、気づいた。

「あの、エレを抱っこしたまま、ごはんを食べるのはマナー違反でしょうか？」

「そうだね。非公式の場であれば、ペットを膝の上に乗せて食事をする方もいるけど、チェルシーの場合、公式用のマナーの練習だから、降りてもらったほうがいいね」

「わかりました」

グレン様の言葉に頷いて、子猫姿のエレに視線を向けた。

『我はソファーにおるぞ』

子猫姿のエレはそう言うと、わたしの腕からぴょんと飛び降りた。

そして、てくてく歩いて、ソファーにたどり着くと飛び乗ろうとして……乗れなかった。

『この体は小さすぎて、届かぬ……！』

子猫姿のエレは私の両手に乗るくらいにとても小さいもんね。

わたしが手伝おうかと思っていると、ジーナさんがさっと子猫姿のエレを優しく摑んで、そっとソファーに乗せた。

ジーナさんの目がキラキラしている。

でもすぐにきりっとした表情に戻ると、いつもの壁際へと立った。

「さて、食べようか」

わたしはすぐに椅子に座って、大地の神様に祈りを捧げた。

まずは目の前でぷるぷると揺れているプリンを……！

ゼリーと同じようにぷるぷるしているのに、味はまったく違うんだね。

「……ん～……！」

あまりにもおいしくて、何とも言えない声が出てしまった。

恥ずかしくて顔を赤くしていたら、真正面に座るグレン様が嬉しそうに微笑んだ。

「チェルシーはお菓子の中ではプリンが一番好きなんだね」

「……そうみたいです」

グレン様が壁際に立っているジーナさんに視線を送ると、ジーナさんはコクリと頷いていた。

話さずにやりとりをしている姿を何度か見かけたけど、みんな特別なスキルを持っているのかな。

不思議に思いつつも、わたしはプリンを頬張った。


プリンを食べ終えて、グレン様から他のお菓子の名前を聞いていると、トリス様が戻ってきた。

「遅くなってすみませんっす」

トリス様の白いローブの裾には土がついていた。

もしかしたら、畑の確認をしてから来たのかもしれない。

「トリスも来たことだし、説明を聞こうか」

空いている椅子にトリス様が座ると、グレン様がそう言った。

視線はソファーの上で丸くなっている子猫姿のエレに向いている。

子猫姿のエレはみんなの視線を感じたようで、すぐにソファーの上でお座りをした。

『まずは原初の精霊樹を生み出してくれたこと、深く感謝する』

そして、わたしに向かって頭を下げてくる。

子猫姿で頭を下げるなんて、かわいすぎる！

壁際に立つジーナさんの目がキラキラしているので、そう思ったのはわたしだけではないはず。

「あの……ちょっといいっすか？」

トリス様が片手をあげて言った。

「俺には猫の鳴き声しか聞こえないんすけど、なんて言ってるっすか？」

わたしには精霊姿のときに聞いた低い声が子猫姿のエレから聞こえるんだけど、他の人には聞こえないのかな？

『この姿の場合、契約者と特定のスキルを持った者にしか、我の声は聞こえぬ』

「そうなんだ……」

そこからは子猫姿でエレが話すときは、わたしが通訳することになった。

『精霊とは瘴気を祓うために、精霊樹を通してこの世界へ来ているもののことだ』

「それは古びた巻物にも書いてあったとおりっすね」

トリス様はエレから聞いた話をすごい勢いで紙に記していく。

『瘴気というものは触れると草木は枯れ、水は濁り、人や動物たちは気が触れる』

「それって、とても危険なものだよね？」

わたしがそう言うとエレはコクリと頷いた。

『瘴気を祓うために精霊たちをこちらの世界に来させたいのだが、それには精霊樹を増やす必要がある。そして、精霊樹は原初の精霊樹から挿し木でしか増えぬ』

それも巻物に書いてあったとおりなので、うんうんと頷いた。

『挿し木できるのは精霊を統べる王である我と契約した者のみなのだ』

「え？」

『あの場にいた者の中で、一番の適任者はチェルシー様だった。ゆえに契約を交わした』

そういった理由なら、しかたないのかもしれない。

グレン様もトリス様もなんともいえない表情をしている。

『原初の精霊樹が成長してからでよい。どうか、精霊樹を増やす手伝いをしてくれ』

子猫姿のエレはそう言うと、深々と頭を下げた。

「今はスキルの調査と研究があるから行けないけど、時間ができたときでよければ……」

わたしの答えに子猫姿のエレはコクリと頷いた。

「今回の件は上の者に伝えないといけない。今日の午後の調査はなしにしようか」

「わかりました」

「俺も所長に報告してくるっす」

トリス様はすぐに席を立って部屋を出て行った。

わたしが立ち上がると、グレン様も同時に席を立った。

「宿舎まで送っていくよ」

いつものように優しく微笑んでくれる。

そういえば、子猫姿のエレはどうするんだろう？

「エレも一緒に宿舎のわたしの部屋へ行く？」

『我は今はまだ、精霊樹から離れられぬ』

「わかった……また明日ね」

わたしはそう言うと、グレン様と一緒に研究室を出た。

幕間4. グレンと精霊王エレ

Interlude

チェルシーを宿舎の部屋へ送ったあと、俺はもう一度研究室へと向かった。

研究室の中に入れば、銀色の毛色の子猫がソファーの上で丸くなっている。

俺の姿を見ると伸びをして、ちょこんと姿勢を正した。

『【転生者】に出会うのは、久しぶりだな』

子猫姿の精霊王エレは見た目とは違った低い声でそう言った。

「チェルシーには秘密にしておいてもらえるかな」

『わかっておる。そんな無粋な真似(まね)はせぬので安心してその殺気を引っ込めるがいい』

俺はエレに向かって、普段チェルシーには見せない作った笑みを浮かべた。

子猫姿のエレはふぅっと息を吐くとじっと俺の顔を見つめた。

『なぜここへ戻ってきた？』

「やっておきたいことと、聞きたいことがあって……だね」

俺はそう言うと研究室の外へ向かって歩き出した。

子猫姿のエレはソファーから飛び降りて、短い脚で追いかけてくる。

やっておきたいこと……それは、チェルシーが生み出した原初の精霊樹に結界を張ることだ。

エレがチェルシーに話した内容だけでも、あの精霊樹が狙われやすいものだというのはわかる。

それがこんな王城のすぐ横に生えているとなれば、危険極まりない。

「精霊樹はどれくらいまで成長する？」

『成長したとしても、この建物と同じくらいの高さであろうな』

子猫姿のエレは五階建ての王立研究所を指しながら言った。

「それなら、なんとかなりそうだね……《結界(バリア)》」

精霊樹を害するすべてのものから守るよう、強く願いながら魔術を使うと、体の中からごっそりと魔力が減っていく感覚があった。

範囲が広いだけでなく、強度もかなりあるものをイメージしたので、魔力の消費量が半端ない。

これなら、チェルシーが生み出した原初の精霊樹は、俺と同等以上の力を持つ者が現れない限り、切り倒されることも燃やされることもない。

子猫姿のエレが目を見開いて驚いていた。

『結界を張ったか……感謝する』

「感謝ついでに質問に答えてくれるかな？」

『よかろう』

俺の言葉に子猫姿のエレが強く頷(うなず)いた。

研究室へと戻り、ソファーの端にお互い座る。

「チェルシーに話せなかったことを教えてもらえるかな？」

俺は作った笑みを浮かべながら、そう尋ねた。

『ここ数年の話だが、精霊樹が切り倒されているようで、精霊たちがこちらの世界へ来られなくなっている』

子猫姿のエレは俺の顔をじっと見たあと、目を伏せた。

『どういった理由で精霊樹を切り倒しているのかはわからん。だが、そんな状況で、精霊樹を生み出せる者が現れれば、間違いなく狙われるだろう』

それは、俺が予想をしていたとおりの話だった。

「だから、チェルシーを守るために契約したってわけだね」

エレはコクリと頷いた。

『驚かないのだな』

「隣国で瘴気(しょうき)が大量発生しているっていう噂(うわさ)を聞いていたからね」

精霊は瘴気を祓(はら)う存在。精霊樹は精霊が現れる門であり、瘴気を寄せ付けない存在。

それを知らずに見た目の美しさだけで伐採しつくした結果、瘴気が大量発生したのだろうと俺は予想している。

『この世界と精霊界は表裏一体。瘴気でこの世界がおかしくなれば、必然的に精霊界もおかしくなる。王としてそれは避けねばならん』

俺はエレの言葉に頷いた。

『チェルシー様には精霊樹をたくさん挿し木していただかねばならん』

「それはどうかな……」

『どういうことだ?』

「チェルシーのスキルがあれば、瘴気を祓う種……いや、瘴気を吸い込む種なんてものも生み出せるんじゃないか?」

『なるほど……!』

「問題はそれによって、チェルシーの身がさらに危険にさらされるってことだね」

『うむ』

「俺もできるかぎりのことはやるよ」

そう言って、研究室をあとにした。

7. と暴走

I'll Never Go Back to Bygone Days!

翌日の午後、トリス様は何も持たずに現れた。

普段だったら、次に生み出してほしい植物の種の見本や古びた巻物、種を入れるためのトレイなどを持ってくるので珍しい。

「今日は畑に行くっす！」

「ああ、報告は聞いていたけど、すごいことになっているんだってね」

「そうなんすよ。チェルシー嬢には、直接、見てもらったほうがいいっす！」

グレン様とトリス様はそんな会話をしていた。

「畑ってどこにあるんですか？」

わたしがそう尋ねると、トリス様はにぱっとした笑みを浮かべた。

「チェルシー嬢の生み出した種を植えた畑は、王都の外にあるっす。王立研究所内にある転移陣を使って移動するっすよ！」

「転移陣……ですか？」

わからなくて首を傾(かし)げると、グレン様が教えてくれた。

「転移陣っていうのは、魔力を通すと対になっている別の場所に一瞬で移動することができる魔道具なんだ」

「そういうものがあるんですね」

てっきり、城塞内に小さな畑があるのだと思っていたので、とても驚いた。

「それだと、エレはお留守番だね」

『うむ。精霊樹が育つまで、我は離れられぬのでな』

わたしは抱っこしていた子猫姿のエレをソファーの上に下ろした。


トリス様を先頭にして研究室を出て、王立研究所内の北側のエリアへと向かう。

北側の一角には間を開けずに扉が並んでいる場所がある。そのうちのひとつの扉をトリス様が開いた。

部屋はベッド二つ分くらいの広さで、窓はなく、入って左手に銅色の箱が置かれた台と、その頭上にランプ、真ん中に大きな円が描かれていた。

わたしはグレン様に背中を押されながら、大きな円の内側に立った。

トリス様は扉を閉めると、部屋の内側からカギを掛けて、銅色の箱に手のひらを当てた。

「銅色の箱と床に描かれた円、二つを合わせて転移陣と呼ぶんだ。銅色の箱は転移陣の使用許可の確認と魔力の供給を行うためのもので、移動は床の円の内側に立って、起動の合図をすると行われるよ」

わたしが不思議そうに見ていたからか、グレン様が教えてくれた。

「それと、転移の途中ではぐれる場合があるから、二人以上で使う場合は誰かに摑まっておいてね」

「は、はい」

わたしは驚くと、すぐにグレン様にしがみついた。

グレン様はわたしに優しく微笑むと、円の内側に入ってきたトリス様の肩に手を乗せた。

「それじゃ、畑へ出発っす〜！」

トリス様はそう言ったあと、トントントンとかかとで床を三回叩いた。

円の中が青白い光でいっぱいになると、ぱっと景色が変わった。

灰色の壁が丸太に変わって、木の香りがした。

「こっちの転移陣は木造の小屋の中なんすよ」

トリス様はそう言うと床の円から出て、部屋の扉を開けた。

そして、廊下を進み、丸太で出来た小屋を出る。

小屋の外には畑ではなく、荒野が広がっていた。

「こっちは、訓練場っす。畑はあっちの南側にあるっす」

トリス様が指したほうを見れば、大きく育ったココヤシの木が見える。

「え？　もうあんなに育ったんですか!?」

よく見れば、地面も一面緑になっている。

「そうなんすよ。あっという間に育ったっす！」

トリス様はそう言うとにぱっとした笑みを浮かべながら、楽しそうに畑へと歩き出した。

近づくにつれて、畑の様子がだんだん見えてきたんだけど……なにあれ!?

六本のひまわりの花がお日様のほうを向いている。

地面には緑の葉が茂っていて、ところどころに小ぶりのかぼちゃが見える。

それから中央に、どーんとそびえるココヤシの木。

隅っこでひっそりと白い花を咲かせているカスミソウ。

わたしは畑を見ながら、ぽかんと口を開けていた。

「話には聞いていたけど……、さすがにこれはすごいね」

グレン様もわたしと同じように驚いたようで、口元を手で隠していた。

「ホントにすごいんすよ！　しかも、すべての種が発芽したっす！　暑さ寒さ関係なく、植えたらすぐ芽が出るっす。これは食べられる種を量産すれば、飢えることがなくなるっすよ！」

それってもしかして、スキルの調査や研究が終わって、ユーチャリス男爵家の屋敷に戻っても、食べ物の種を生み出せば、わたしは飢えずに済むってこと？

そう考えたら、とてもすごいことだと理解できた。

それからしばらくの間は、植えた植物たちをひとつひとつ観察していた。

ココヤシの木にはまだ実がなっていないみたい。

イチゴは白い花を咲かせていた。

メロンはかぼちゃとは離れた場所で緑の絨毯を敷き始めている。

モモはわたしの背と同じくらいの高さまで育っていたけど、まだ幹が細かった。

どれもこれも楽しみ……！

図鑑に載っていた果物の形を想像していたら、遠くからパーンという大きな音が聞こえてきた。

音は転移陣のある建物の真正面にあった荒野から聞こえるみたい。

よくよく見れば、何組かの大人と子どもが向かい合って何かをしている。

大人は赤い布飾りのついた白いローブを着ていて、子どもは灰色のローブを着ている。

「今日は外での制御訓練の日だったみたいっすね」

トリス様が荒野のほうを見ながら、そう言った。

「俺も十二歳になったときに受けたっすよ」

「制御訓練ってどういったことをするんですか？」

わたしはじっと荒野を見つめながらそう尋ねた。

「いろいろあるんすけど、あれは何をやってるっすかね」

「口で説明するより見たほうが早いから、小屋に戻りながら少しだけ見学しようか」

トリス様が言葉に詰まっていると、グレン様がそう言った。


三人で歩きながら荒野となっている訓練場を見ていると、制御訓練生たちが火や水などの小さな玉を生み出して、対面にいる研究員たちに見せていた。

研究員たちはそれを魔法を使って打ち消しているようだった。

「どうやら、縮小の訓練っすね」

一歩前を歩くトリス様がそうつぶやいた。

「上級以上の魔法系のスキル持ちは、特に指定せずにスキルを使うと威力が高くて巨大なものを生み出してしまうんだ。だから、制御訓練を受けて、日ごろから威力の小さい極小サイズのものを生み出せるようにしなければならない。それが今日の訓練のようだよ」

隣を歩いているグレン様が詳しく教えてくれた。

「あそこにいるのチェルシー嬢の妹じゃないっすか？　ミラベルさんにしごかれてるっすね」

トリス様の視線の先では真っ赤な髪をしたマーガレット様がミラベル様を睨(にら)んでいた。

わたしは立ち止まって、二人の様子を見ていた。

マーガレット様は何かをつぶやくと人の頭ほどの大きな火の玉を生み出した。

「うわ、でかい火の玉っすね。極小ってこんくらいっすよ。――【土魔法】」

トリス様はそう言うと、かぼちゃの種くらいの大きさの土の玉を宙に浮かせた。

そして、地面にぽとりと落とす。

マーガレット様が生み出した火の玉は、ミラベル様が生み出した水の玉でかき消され、注意をされているようだった。

「そろそろ戻ろうか」

「はい」

制御訓練がどういったものなのか、なんとなくわかったので頷くと、小屋へと歩き出した。

すると、マーガレット様の声が聞こえた。

「あ!? 【火魔法】!」

振り向くとそこには、人の倍ほどの大きさをした炎の巨人がわたしめがけて走ってきていた。

聞こえなかったけど、ミラベル様や他の研究員たちが魔法で生み出した水の玉をぶつけて、炎の巨人の動きを止めようとしていたけど、まったく止まることなくどんどん走ってくる。

わたしは驚きすぎて動けなくなっていた。

あんなものがぶつかってきたら、焼け焦げてしまう……。

「【土魔法】!」

トリス様がいらだった声で土の巨人を生み出すと、突進してくる炎の巨人を掴んだ。

炎の巨人はもがきながらも、わたしに向かって走ろうとしている。

「……《氷結(フリーズ)》……《結界(バリア)》」

今度はグレン様がそうつぶやきつつ、右手を炎の巨人に向かってかざした。

すると、炎の巨人は足元から凍り始めた。

炎が消えるのではなく、凍るなんてわけがわからない……。

ぽかんと口を開けてその様子を見ていると、炎の巨人が両腕をぶんぶんと振り回して、わたしに向かって炎の玉を飛ばしてきた。

でも、それは見えない何かに弾(はじ)かれて消えていく。

数秒後、炎の巨人は全身を凍り付かせて氷の塊となり、それを土の巨人が粉々に砕いた。

「チェルシーにケガはないね？」

グレン様がそう問いかけてきたけど、あまりの出来事で言葉が出ず、わたしはコクコクと頷いた。

「制御に失敗したって感じじゃなかったっす」

「ああ、あれは意図的にやったとしか思えないな」

トリス様とグレン様がそんな会話をしている間に、荒野にいた研究員たちがマーガレット様を拘束して、手首に何かをはめていた。

「違うの！　わたくしはこんなことするつもりはなかったの！　みんなあいつに騙(だま)されているのよ！　出来損ないのくせにグレン様をたぶらかしているから……そうよ、これはしつけなの！　あいつが悪いのよ！」

マーガレット様の叫び声が響く。

「簡易的なものだけど、魔力封じの腕輪をつけられたっすね。あれをつけるとスキルが使えなくなるんすよ。ついでに口も封じてくれないっすかね」

トリス様はムッとした表情をしていた。

マーガレット様が言っていることは、わたしには理解できない。

わたしが誰を騙すというの？　グレン様をたぶらかすなんて、失礼すぎる。

そもそも、マーガレット様が行っていたわたしに対するしつけは、ただの暴力だったと、今のわたしなら理解できる。

……しつけは親や周囲の大人がするものであって、双子の妹がするなんておかしい。

しばらくの間、グレン様はじっと冷めた目でマーガレット様を見つめつづけていた。

転移陣のある丸太小屋から騎士が何人も現れて、荒野に向かって走っていく。

トリス様の願いどおり、マーガレット様はこれ以上叫べないように猿ぐつわをかまされていた。

「あっちのことは彼らに任せて、俺たちは戻ろう」

グレン様に促されて、わたしたちは転移陣のある丸太小屋へと歩き出した。

幕間5. グレン

Interlude

チェルシーを宿舎の部屋へ送ったあと、俺は居城にいる兄のもとへと向かっていた。

あの事件の直後、俺はチェルシーの妹であるマーガレットに対して賢者級の【鑑定】を使った。

今回はぐったりするほど魔力を込めて、マーガレットが隠していること、自覚していないことなどすべてを知るつもりだ。

その結果、兄に報告しなければならない内容がでてきた。


兄の執務室の前まで来ると姿勢を正して、扉の両隣にいる騎士に目配せをした。

木のぬくもりを感じさせる大きな扉を騎士が軽くノックする。

すると部屋の内側にいる騎士が扉を少しだけ開けて、俺の顔を確認した。

すぐに中にいる兄の許可が下りて、入室することができた。

「グレンか。ここに来るのは久しぶりだな」

「陛下におかれましては……」

「ここでは兄と呼ぶように言っているだろうが。やり直し！」

「兄上が元気そうでよかったです」

俺の兄は、このクロノワイズ王国の国王だったりする……。

国王としての器は大きく、治世に不安もない。平和な世を保ちつつ国をより良い方向へと導いている方なので、とても尊敬している。

だが俺は……国王である兄があまり得意ではない。

「うんうん、グレンはそうでなくてはな！　生まれたときから今もずっとかわいいお前に陛下と呼ばれると俺は仕事を放棄したくなるから、ここでは兄と呼べよ！」

理由は簡単なもので、今年十八になる立派な成人男性の俺に対して、いまだ子ども扱いし、さらにはかわいいなどと言ってくるからだ。

こんな歳になってまでかわいいと言われて喜べる男がいるだろうか。

ついでに言えば、俺が兄と呼ばないだけで、仕事を放棄するなどと言わないでくれ。

兄弟愛が重すぎるだろう！

ため息をついていると、兄はニヤッと笑った。

「それで、グレンがここまで来るってことは何かあるんだろう？　聞いてやるから、そこに座れ」

俺は兄に言われるがままソファーに座った。兄も同じように向かいのソファーに座る。

「前に話した新種のスキル持ちの子のことなんだけど……」

俺は砕けた口調でそう話し始めた。

「彼女のスキルはまだ調査中だけど、国を豊かにするのにとても役立つものだと俺は確信している」

「ふむ」

「失ったら大損だと思えるほどのスキル持ちなんだけど、彼女はここへ来る前、家にいたころ虐待を受けていたようなんだ」

俺の言葉に兄の眉がピクリと動いた。

「年々、貴族の出生率は下がっているというのに、子どもに対して虐待……か」

「しかも彼女には双子の妹がいて、そっちは大事にされて育ったっていうんだ」

「それは何やらきな臭い話だな」

「さらにさきほど、制御訓練生として一緒に王立研究所へ来ている妹が、炎の巨人を生み出して彼女を攻撃した。もちろん、トリスと俺が防いだから、大事には至ってない」

「トリス？　ああ、トリスターノ・フォリウムか。三種類のスキルを持つ、ちょっと風変わりなフォリウム侯爵の息子だったな」

兄の言葉に俺は頷（うなず）く。

実はああ見えて、トリスは兄が覚えているほどのすごい人物だったりするが、今は置いておく。

「制御訓練を受けている身で炎の巨人を生み出すとは、日ごろから姉に対して憎悪を抱いていたと語っているようなものだな」

「ひとまず、簡易の魔力封じの腕輪をつけられて拘束されていた。その際に、しっかりと鑑定したんだ。それがあまりにもおかしな結果で……」

俺はここで大きく息を吸った。

「貴族名簿では彼女と妹は双子として登録してあるのに、二人には異なる誕生日が表示されていた。彼女と妹は異母姉妹とも書かれていた」

「我が国では貴族の虚偽登録は重罪だったな」

兄はそう言うとククククと笑った。

「ついでに、妹の母親はアクロイド侯爵の庶子だったよ」

「不正まみれのアクロイド侯爵か……それはちょうどいい」

「妹を泳がせて、両親であるユーチャリス男爵夫妻を呼び出して、さらにアクロイド侯爵を引っ張り出そうと思うんだけど、どうかな？　兄上」

俺は兄にニヤッとした笑みを浮かべて告げた。

「よかろう。この件は面白いことになりそうだな。グレンの好きにするといい」

「ありがとうございます！」

兄の……国王のお墨付きをもらったことでこれから行うべきことを思い浮かべていた。

「退出の前にグレンにはひとつ聞いておかねばならん」

「何でしょうか？」

退出する気満々だったので、口調が元に戻っていた。

兄はそれに対して何も言わずに、真剣な表情になった。

「お前はどうしてそこまでその娘……チェルシーとやらを気に掛けるのか？」

「それは……」

俺はなぜか兄の問いに口ごもってしまった。

「虐待を受けていた憐れな娘だからか？　新種のスキルを持った貴重な存在だからか？　それともそれ以外にも気に掛ける理由があるのか？」

兄はそこまで言うとニヤリと笑った。

初めて顔を合わせたとき、同じ年齢の他の者よりも背が低く痩せこけていた。

虐待を受けている娘だと理解したとき憤りを覚えた。

そして、心の底から憐れんだ。

種を生み出すスキルを見たとき、可能性に期待を膨らませた。

魔力を使いすぎて倒れたときは本当に心配した。

それから魔力の総量を増やすためにおいしい菓子を食べさせて……頬を緩ませているのを見た。

笑うことさえ禁じられていたと知って同情した。

このままではこの子は腐った男爵家に使いつぶされてしまう。

そう思って気に掛けていた。

……他に何か理由があるだろうか？

「ふむ、まだわかっていないようで面白いな。答えはまた今度でいいぞ」

悩んでいるうちに、兄から部屋を追い出された。

＋＋＋

翌日……休日だというのに俺は朝から悶々(もんもん)としていた。

昨日、兄に聞かれた言葉の答えが見つからない。

部屋をウロウロしたり、ソファーに座ったりベッドの縁に腰掛けてみたり……普段と違う行いを繰り返したあと、引き出しからカギ付きの手帳を取り出した。

手帳にはチェルシーについて、この世界では使われていない文字……日本語で書き記してある。

チェルシーが図鑑を見て植物を生み出した日のページを開いた。

『見たことのない植物でも、図鑑のように詳細に描かれたものがあれば、どんなものでも生み出すことが可能。たとえば、我が国では入手困難な薬草や禁忌とされている毒草、絶滅した植物や伝説上のものでさえ生み出せると実証。今後は空想上の植物が生み出せるか要検討』

何度読み返しても、ため息が出る。

チェルシーのスキルは、願ったとおりの種子を生み出すもの。

万が一、チェルシーが毒をまき散らす種を生み出したいと願ったら、簡単に国が滅びるだろう。

そんな者を放っておくわけないじゃないか。

チェルシーの性格や行動を見る限り、彼女は悪い人間ではない。

むしろ、虐待されていたわりには明るい性格をしている。

なんでも柔軟に受け入れる心の広さももっている。

チェルシーに対して、不安があるとすれば、虐待していた家族のことだけだ。

彼らの行動により、チェルシーが悪い種を生み出してしまう可能性はゼロではない。

となると早急にすすめるべきは、彼らをつぶすことだな。

兄にも話したとおり、チェルシーの妹はしばらくの間泳がせておいて、一族郎党皆殺しとまではいかないが、きっちり罰を下すべきだろう。

……いっそのこと、チェルシーをこちら側に引き込めばいいのではないか？

引き込む方法としては、王立研究所の研究員となって実家から独立することや信頼できる貴族家の養女になることなどがある。

そうすれば、ユーチャリス男爵家が取りつぶしになっても問題ないな。

そうだな、チェルシーには事情を説明したほうが良さそうだ。

こうして、俺は休日の午後、チェルシーとお茶をする約束を取り付けることにした。

8. バラ園でお茶会

今日は王立研究所のお休みの日。

前のお休みは、第二騎士団副長でサージェント辺境伯の令息、マルクス様に城塞内の主に西部分を案内してもらった。

「今日は何をして過ごせばいいかな？」

ジーナさんにそう尋ねていたところへ、ノックの音が響いた。

グレン様の使いの者だそうで、今日の午後、一緒にお茶をしないか？　というお誘いらしい。

したいこともすべきことも思いつかないので、「喜んでお受けします」と答えたら、ジーナさんがにこにこと微笑(ほほえ)んだ。

「では、お茶会に向けて、午前中はチェルシー様を磨き上げる時間にいたしましょう」

ジーナさんはそう言うと、部屋を出て行った。

いつも午前中はグレン様と魔力の総量を増やすためのお茶会をしている。

それが休日になっただけなのに、磨き上げる必要ってあるのかな？

首を傾(かし)げていたら、ジーナさんとマーサさん、それから見知らぬメイドが四人、部屋の中に入ってきた。

「殿下からのお誘いですので、本日はドレスをお召しいただきます」

え？　殿下？　グレン様じゃないの？

という疑問をぶつける前に、わたしはバスルームへ連れて行かれて服を脱がされた。

そして、にっこり笑う見知らぬメイドによって徹底的に洗われた……。

まさか、洗うのと同時にマッサージされるなんて、恥ずかしいし、くすぐったい……！

ジーナさんとマーサさんは、わたしに対して手加減して洗ってくれていたんだと気づいた。

洗い終わって湯船に浸かっている間だけは、何もされなくてホッとした。

湯船から出て、体を拭くと、今度はいい香りのするオイルでマッサージされた。

つづいてドレッサールームにて、初めてコルセットを付けられた。

「他の方が着用される場合、ぎゅっと絞るのですが、チェルシー様にはしっかりとお菓子を召し上がっていただきたいので、緩くさせていただきます」

マーサさんが言うとおり、ぎゅっとした感じはなかったけど、背筋はピンと伸びた。

それから膝下までのドロワーズを穿いて、その上からペチコートを重ねると、見知らぬメイドたちがドレスを何着か持ってきた。

「ドレスを選んでいただきたいのですが、いかがなさいますか？」

見知らぬメイドたちはそう言って、淡い色や濃い色のドレスを見せてきた。

どれもユーチャリス男爵家では見たこともないようなとても豪華なもので、何を選べばいいのかわからない。

「えっと……」

「すべてかわいらしくてチェルシー様にはお似合いです。どれを選んでも大丈夫ですよ！」

オロオロしていたら横に立っていたマーサさんがそう言った。

わたしはひとつひとつをよく観察したあと、淡いピンク色のドレスを選んだ。

「お花がついているのがかわいいので……」

わたしがそう言うと見知らぬメイドたちがうんうんと頷く。

「チェルシー様のイメージにぴったりですね」

「それならば、アクセサリーやヘッドドレスも花をモチーフにしたものにしましょうか」

「そうね、そうしましょう！」

見知らぬメイドたちは口々にそう言うと選ばなかったドレスを抱えて、ドレッサールームから出て行った。

入れ替わるようにジーナさんがやってきた。

「そろそろお菓子を召し上がっていただきたいのですが、このあとも予定が詰まっておりますので、こちらをお持ちいたしました」

そう言って差し出したのは、一口サイズのチョコレート。

これなら、服を汚すことなく、簡単に食べられる。

「失礼いたします」

ジーナさんはそう言うと、わたしの口にチョコレートをひとつひょいっと入れた。

口の中で溶けるチョコレートはとても甘くて、幸せになる。

おいしすぎていつも声が出てしまうので、ぐっと堪えた。

「それではドレスを着ましょう」

マーサさんがそう言って、着るのを手伝ってくれた。

ドレスって……一人では着られないようにできているんだね……。

後ろ側に留め金や編み上げがあって、とても難しいつくりになっていた。

着終わったところへ、ジーナさんがまたわたしの口にチョコレートを入れた。

甘くておいしい……と浸っている暇もなく、今度は見知らぬメイドがアクセサリーを持ってきて、わたしを飾りつけていく。

イヤリングとネックレス、それからヘッドドレス。

どれもこれも着けたことがなかったので、見入ってしまう。

さらに少しだけど、お化粧もされた。

「とてもお似合いでございます」

ジーナさんが微笑みながらそう言ってくれた。

嬉しくてその場でくるりと一回りすると、見知らぬメイドたちからもたくさん褒められた。

「あとはマナー講座ですね」

ドレッサールームから部屋へと移るとマーサさんがそう言った。

以前、マルクス様と挨拶をしたときに貴族らしい挨拶を覚えたいと思ったのを思い出した。

「スカートの端をちょこんとつまむ挨拶が学べるんですね」

わたしがそう言うとマーサさんが苦笑いを浮かべた。

「カーテシーというんですけど、手よりも足の動きが重要なんです」

そう言うと詳しく教えてくれた。

片足を斜め後ろの内側に引いて、そのあと反対の足の膝を軽く曲げて……。

この時点でうまくできずにそのままカーペットに膝をつけてしまった。

「思っていたよりも難しい……」

「回数を重ねることで上手にできるようになりますよ」

マーサさんはそう言うと、メイド服の端をちょこんとつまんでカーテシーを披露してくれた。

「カーテシーに関しては、今日は身振りだけにしておきましょう」

ジーナさんがそう言うと、今度はドレスを着た状態での椅子の座り方や異性と歩くときの立ち位置について教えてくれた。

＋＋＋

午後の一の鐘が鳴るとすぐにグレン様が部屋まで迎えにきてくれた。

グレン様はわたしの姿を見ると、驚いたような表情をして口元に手を当てた。

もしかしておかしなところがある？

そう思って、ドレスを見たけど、これはジーナさんやマーサさん、他のメイドたちががんばって準備してくれたものだから、大丈夫。

自信を持って挨拶しないと……！

「お誘いいただきありがとうございます」

わたしは習ったばかりのカーテシーを、失敗しないように注意しながら披露した。

すると、グレン様は驚きの表情から、いつもの優しい微笑みに変えた。

「普段通りの装いをイメージしていたから驚いたんだ」

グレン様はそう言うと、頭の後ろをさらりと撫でてくれた。

今日はヘッドドレスをつけているので、いつものようにぽんぽんと撫でることはできない。

ちなみにグレン様はシャツにベスト、肩から黒に近い濃紫色のマントを羽織っている。

「とても似合っているよ。特にドレスについている花がかわいいね」

わたしが気に入っている部分をグレン様が褒めてくれた。

なんだろう……とても心があったかくてふわふわする。

「少し庭を散策して、そのあとお茶にしよう」

グレン様は優しく微笑むとわたしの手を引いて歩き出した。


宿舎を出てどんどん北へと進んでいくと、以前マルクス様と訪れた大庭園についた。

グレン様はそこで立ち止まらずにさらに北へと進んでいく。

大庭園の中央から北側は結界が張られていて、許された人しか入れないのでは？

許可のない人はそのまま進んでいくと見えない壁にぶつかるって話だったよね？

不思議に思いながら歩いていると、どうやらすんなりと通りすぎたらしい。

もうここは大庭園の北側の端っこだから、間違いない。

どうしてすんなり通れたんだろう？

よくわからないまま、大庭園の脇にある小道を通って、小さなアーチをくぐった。

「わぁ……きれい」

アーチの先には色鮮やかなバラがたくさんあった。ここはバラ園らしい。

「ここは秘密の場所だから、他の人には言ってはダメだよ」

グレン様は人差し指を口元に当てながら笑った。

わたしはなんだか夢のような気分になって、何度もコクコクと頷いた。

しばらくいろいろな種類のバラを堪能した。

赤やピンク、白に黄色、オレンジに紫、ひとつの花に二色あったり、花びらの枚数がたくさんあったりと見ていて飽きない。

バラ園を進んでいくと、丸い屋根をした東屋が見えた。

「あの東屋にお茶の用意がしてあるんだ。行こう」

グレン様はそう言って、ゆっくりと進んでいく。

そういえば、部屋を出てからずっと手を繋いだままなんだけど、迷子になると思われているのかな……？

見た目は背が低くて小さな子どもにしか見えないけど、もう十二歳だからちゃんと歩けるんだって伝えるべきかな？

これだと、ジーナさんから学んだ『異性と歩くときの立ち位置について』が役立たないよ……。

なんてことを考えているうちに東屋についた。

中には少し年老いたメイドがいて、にっこりと微笑んでくれた。

ゆっくりと中に入ると、中央には丸いテーブルがあり、それを半周だけ囲うように円を描いたベンチが設置されていた。

ベンチには大きなクッションがいくつも置いてある。

グレン様に勧められるまま、ベンチの真ん中あたりに腰を掛けると、メイドが動き出した。

テーブルの上に温かな紅茶が用意される。

「ありがとうございます」

メイドにお礼を言ったら、さっきよりも優しく微笑まれた。

「いろいろ話したいことがあるんだけど、その前に食べようか」

グレン様がそう言ってくれたので、大地の神様に祈りを捧げたあと、目の前にあるケーキと向き合った。

わたしの拳くらいの大きさの丸いケーキは横から見ると三層になっている。

一番下はスポンジ、真ん中は少し黄色っぽいクリームチーズ、一番上は真っ白な生クリーム。

その上に真っ赤なイチゴがちょこんと載っていた。

そっとフォークで切るようにしてすくいとって口へと運ぶ。

ふわふわのスポンジとクリームチーズ、それから甘さ控えめな生クリームが口の中いっぱいに広がって……ううう、おいしい！

わたしは夢中になって食べた。

「それはチーズケーキだよ。気に入ったみたいだね」

口の中にケーキが入っていたため、コクコクと頷いた。

とても幸せ……。

ユーチャリス男爵家の屋敷にいたころには考えられなかったような生活……。

わたし専属のメイドがいて、一日中お世話してもらっている。

三食どころか午前と午後にもお菓子が食べられる。

勉強もさせてもらえるし、お休みだってもらえる。

それから、夜はふかふかなベッドでゆっくり眠れる。

……ときどき夢なんじゃないかって思って、頬っぺたをつねりたくなる。

今は賓客扱いで大事にしてもらっているけど、調査と研究が終わったら、あの家に帰らないといけないのかな……。

帰ったら、前と同じように食事を抜かれたり、ムチで打たれるような生活に戻るのかな。

考えないようにしていたことを急に思い出して、わたしは小さく首を横に振った。

「どうした？」

グレン様に心配そうに顔を覗き込まれた。

……そうだった！　今はグレン様とお茶会している最中だった！

「なんでもないです」

グレン様はしばらく口元に手を当てて、わたしの顔をじっと見つめていた。

「悩みがあれば、いつでも相談に乗るよ。俺に言いづらいことならメイドたちに言うのでもいい。あまり抱え込まないようにね」

「ありがとうございます」

わたしはそう言ったあと、残りのチーズケーキを口へ運んだ。

ケーキを食べ終えて紅茶を飲んでいると、グレン様が姿勢を正した。

「実は今日は……チェルシーにお願いしたいことがあって誘ったんだ」

「お願い……ですか？」

どんなお願いなのか見当がつかなかったので、首を傾げた。

するとグレン様はそばにいたメイドを下がらせて、話を聞かれないようにした。

重要な話なのかもしれない。

そう思って、わたしは背筋をビシッと正した。

「チェルシーのスキルについてなんだけどね……」

グレン様はわたしの顔をじっと見つめながら話し始めた。

「チェルシーのスキルは、願えばどんな種だって生み出すことができる。それは、存在しないはずの原初の精霊樹の種を生み出したことで、本当にどんなものでも生み出せるってわかったよね？」

「はい」

「……願えば、人を殺めるための種も生み出せるんだよ」

「毒草の種……ですよね？」

グレン様は小さく頷いた。

図鑑で見ただけのココヤシの種を生み出せたとき、その可能性には気づいていた。

わたしが預かっている図鑑には、食べることができる植物ばかりが載っていたけど、『そのまま食べると毒があるが熱をとおせば食べられる。美味』なんていうものもあった。

なるべく考えないようにしていたけど、毒のある植物……毒草の種も願えば生み出せてしまう。

「はっきり言うよ。チェルシーが願えば、毒を吹き出しつづける種だって生み出せる。簡単に人を殺す種も生み出せる。下手をすれば、国どころか世界だって滅ぼせる」

グレン様の言葉に背中がぞわっとした。

「わたしはそんなことしません……」

なんとかそう言葉にすると、グレン様は視線をそらさずに言った。

「もしも……調査および研究が終わって、元の家に戻ったとしても生み出さないと言える？」

わたしは驚いて、目を見開いた。

今はいい。とても幸せな生活をさせてもらっている。

だから、誰かを殺そうとか国とか世界を滅ぼそうなんて、そんなことは考えられない。

でも……あの家に帰ったら……？　苦しい日々に戻ったら……？

「わたしは……」

生み出さない……とは言えなかった。

気がついたら、両手をぎゅっと強く握りしめていて、手のひらに爪が食い込んでいた。

「今日はお願いしたいことがあるって言ったよね」

わたしは口を引き結んだまま、コクリと頷いた。

その瞬間、マーガレット様がつけられていた簡易の魔力封じの腕輪が頭をよぎった。

きっと、調査と研究が終わったら、わたしの魔力を封印してスキルを使えないようにさせてほしいというお願いに違いない。

封印してしまえば、悪い種を生み出す心配がなくなるのだから……。

隣に座るグレン様の顔を見ていられなくて、下を向いた。

「俺からのお願いは、これからずっと、悪い種を生み出さないでほしいってこと」

「……え？」

思っていたこととは違う言葉が聞こえてきた。

「代わりに、チェルシーのことは全力で守るよ。まずはスキルの調査および研究がひととおり終わっても、研究員として王立研究所に残れるようにしよう」

そろそろと顔を上げると、グレン様はいつものように優しく微笑んでいた。

「次にチェルシーを大事にしてくれる貴族の養女になる手続きをしようか」

「魔力を封印するんじゃないんですか？」

思ったことを口にすると、グレン様は不思議そうな顔をした。

「どうして何も悪いことをしていないのに、魔力を封印しなきゃいけないのかな？　チェルシーは今まで一度も悪い種を生み出していないよ。むしろ、成長の早い植物の種や原初の精霊樹の種といった良い種を生み出しているんだよ」

　グレン様はさらに言葉をつづける。

「これから悪いことをするかもしれないっていう予想だけで、魔力を封印していたら、この世界にいるすべての人の魔力を封印しなきゃならなくなるよ？」

　言われてみればそうかもしれない。

「まあ、悪い種を生み出すって宣言されたら、さすがに魔力の封印も考えるけどね」

　グレン様は苦笑いを浮かべると、わたしの頭の後ろを撫でた。

「さっき、チェルシーは『そんなことしません』って言ったんだ。俺はその言葉を信じるよ」

　なんだか急に胸のあたりが温かく感じた。

「研究員や養女になることにお父様とメディシーナ様は納得するでしょうか？」

「それは俺がなんとかするから大丈夫。さて、俺のお願いは叶えてもらえるかな？」

「はい、約束します。わたしは悪い種を生み出しません」

　わたしは姿勢を正すと、その場でグレン様に深々と頭を下げた。

9. 公爵様の願い

グレン様と悪い種を生み出さないと約束してから、しばらくの間は何事もなかった。

いつものように午前は魔力の総量を増やすためのお茶会。

名前のついたお菓子はほとんど出し終わったとのことで、最近は料理長が考えた創作菓子が並ぶようになった。

それを食べて感想を言いつつ、テーブルマナーについて詳しく教わる。

最近は食べ終わったあとに、国の成り立ちやどんな場所でどういったものが採れるかなどの教養についても教わるようになった。

ときどき子猫姿のエレが現れて、山火事で燃える前の原初の精霊樹があったころの話や、この世界と表裏一体だという精霊界について聞けるのも楽しかった。

もちろん、子猫姿のエレを撫(な)でるのも忘れない。

午後はスキルの調査と研究。

トリス様が指示した種を生み出している。

珍しい薬草や香辛料といった手に入りにくいものから、国内のあちこちで栽培している植物を改良した種を生み出すこともあった。

最近は魔力の総量が増えたおかげで、二十回までなら種を生み出すことができるようになった。

あとはそうそう！　食べられる食事の量がだいぶ増えた！

それにともなって体が少しだけふっくらしてきた……はず。

あばら骨が浮いて見えるのはあいかわらずだけど、それでも前よりはましになったと思う。

お休みの日には、生まれて初めて街に出て買い物をした。

お金の使い方も覚えた。

ジーナさんとマーサさんに日ごろのお礼として飾りボタンを贈ったら、とても喜ばれた。

ダンスの練習も始めたかな。

カーテシーは毎日練習して、地面に膝がつくような失敗は減った。


そうやってムチで打たれることのない、幸せな日々がつづいていたある日、白髪交じりのカッコイイおじいさんとやつれきった顔の男の人がやってきた。

「初めまして、お嬢さん。私はロードリック・ハズラック、前国王の弟であり、ハズラック公爵家の当主だ。こっちは薬草学の権威モンロー」

ハズラック公爵様がツンとした表情をしつつ、斜め後ろに立つモンロー様を顎で指した。

モンロー様はおどおどした様子で、軽く頭を下げている。

二人を連れてきたトリス様は、ささっとわたしとグレン様のそばに立つと、ぎりぎり聞き取れるくらいの小さな声でつぶやいた。

「あの方は陛下からの紹介状を持って所長のとこにきたっす」

グレン様はトリス様の言葉を聞くと、わたしをかばうように半歩前に立った。

お嬢さんとはわたしのことだよね。

こんなすごい立場の人と挨拶をするのは初めてなので、緊張してきた……。

「ユーチャリス男爵の娘、チェルシーでございます」

わたしは震えないように気をつけながら、カーテシーを披露する。

すると、ハズラック公爵様は厳しい表情でわたしを見つめた。

みっともない挨拶だったのかもしれない……。

緊張と不安で今にも倒れそうになっていると、険しい表情をしていたハズラック公爵様の顔がくしゃくしゃと今にも泣きそうなものに変わった。

「頼む！　孫娘を助けてくれ!!」

そして突然、ハズラック公爵様はその場で頭を深々と下げた。

前国王の弟で公爵家の当主という身分の高い方が頭を下げてる!?

あまりの出来事に驚いて、グレン様とトリス様に助けを求めるように視線を送った。

グレン様はすっと半歩下がって、わたしの真横に並ぶと背中を撫でてくれた。

「顔を上げてください。チェルシーが困っています」

グレン様がそう言うとハズラック公爵様が頭を上げた。

「まずは話を伺いましょう」

グレン様のおかげでとりあえず、話を聞くことになった。

と言っても、この部屋には三人掛けのソファーがひとつしかなかったので、研究所内にある応接室へと移動することになった。


応接室で三人掛けのソファーにグレン様、わたし、トリス様の順番に、一人掛けのソファーにハズラック公爵様、もうひとつの一人掛けソファーにモンロー様が座った。

この部屋からも精霊樹が見える。

お茶が配られ、メイドが立ち去るのを確認すると、ハズラック公爵様が話し出した。

「実は私の孫娘が病にかかり、余命三カ月という宣告を受けた」

いきなり重たい話でわたしは驚いたけど、グレン様は平然とした顔をしている。

前国王の弟で今は公爵様、その孫娘さんということは、王族の血を引いているってことだよね。

トリス様は魂がどこかに飛んでるように見えなくもない。

「孫娘の病気を治す薬の材料のひとつに入手困難な花びらがある。四方八方手を尽くしたのだが、入手の見通しが立たなくてな……。それを甥である国王陛下に話したところ、チェルシー嬢を紹介してくださったんだ」

　ハズラック公爵様は悲愴な顔をしつつそう告げると、じっとわたしの顔を見つめた。

「チェルシー嬢は、願った種を生み出せるスキルを持っていると聞いた。しかも、今まで生み出した種はすべて発芽し、通常のものより急成長を遂げているとも聞いた。どうか、孫娘のために、薬の材料となる花の種を生み出してもらえないだろうか……？」

　わたしはどう答えていいかわからずに、隣に座るグレン様の顔をちらりと見た。

「チェルシーはこういったことには慣れていないので、代わりに応対させていただきます」

　グレン様はわたしの視線に気づくと、いつものように優しく微笑んで、そう断りを入れた。

「今のところ、チェルシーはどういった種かわからないものは生み出せていません。詳しい資料はありますか？」

　ハズラック公爵様は力強く頷くと、薬草学の権威だというモンロー様へ視線を向けた。

　モンロー様はおどおどした態度をしつつも、カバンから数枚の紙を取り出してテーブルに広げた。

「こちらがその花の種の資料でございます」

　テーブルに広げられた紙には、いろいろな角度で描かれた種や芽が出たもの、育っていく過程、葉や茎、花などさまざまな状態の絵が描かれており、たくさん注釈も書かれていた。

　一年に一度、真冬の満月の夜にだけ花を咲かせる変わった植物で、種や葉や茎には薬の成分は一切含まれていない。

薬として使えるのは、瑞々しい花びらだけだそうだ。

乾燥したら使えないとなると、入手困難なのも納得できる。

それらの資料をじっと見ていたら、『毒』と書かれている部分があった。

心臓がビクッと跳ねた気がした……。

少し前にグレン様と悪い種は生み出さないと約束したばかりなので、『毒』の種は生み出せない。

「……資料を見ていただけるとわかると思いますが……この花弁は毒にも薬にもなります。たしかにお嬢様の病気を治すには、この花弁が必要です。ですが、毒の効果により視力を失い、場合によっては体に痺れが残るのです……」

モンロー様が項垂れながらそう言うと、グレン様が横でぼそりとつぶやいた。

「……副作用か」

「視力を失い、場合によっては体に痺れが残る可能性があるというのは重々承知している。だが、それでも命が助かるのであれば、薬を飲ませたい。もう、チェルシー嬢にしか頼めないんだ！　どうか、孫娘のために、急成長する花の種を生み出してくれ！」

ハズラック公爵様はそう言うと深々と頭を下げた。

それからずっと頭を下げたままで、上げようとしない。

視力を失う毒だけど薬……これは悪い種？　それとも良い種？

生み出していいのかわからずに困っていると、トリス様がハズラック公爵様に聞こえないほどとても小さな声でつぶやいた。

「俺は……毒になる種を作ってほしくないっす」

ちらっとトリス様の顔を見れば、いつものような笑顔はなく、真剣な表情をしている。

……心配されているのかもしれない。

グレン様の顔を見れば、力強く頷かれた。

きっとトリス様の意見に賛成という意味だと思う。

でも、ハズラック公爵様は薬の元となる花の種を生み出すと言わない限り、頭を上げないし、帰らない気がする……。

どうすればいいんだろう……？

返答に困っていたら、窓から見える精霊樹がキラッと光って、足元に子猫姿のエレが現れた。

『さきほどから話を聞いておったが……何を悩んでおる』

子猫姿のエレはわたしの足元でそう言うと抱き上げろと言わんばかりに前脚を伸ばしてきた。

『チェルシー様であれば、花の種など簡単に生み出せるであろう？』

わたしは首を小さく横に振った。

それから、子猫姿のエレを膝の上に乗せる。

『生み出せるが生み出したくないといったところか。まったく、頭が固い。チェルシー様はどんな種でも、願えば生み出せる。毒があるようにも、毒がないようにも願えば生み出せるであろう？』

子猫姿のエレの言葉に、わたしは何度も瞬きを繰り返した。

わたしのスキルは願ったとおりの種子を生み出すもの。

「そっか……毒のない花の種を願えばいいんだ……」

わたしがそうつぶやくと、トリス様からもグレン様からも視線を感じた。

「それは名案だね。資料を読み込みつつ、視力を失うことや体に痺れが出ること以外にどんな作用があるのか確認する必要があるね」

「それらの毒素が出ないように願いながら、種を生み出せばいいってことっすね！」

二人の言葉にわたしは力強く頷いた。

「薬の元となる種を生み出します」

そう宣言すると、ハズラック公爵様がゆっくりと頭を上げた。

「ありがとう……よろしく頼む」

そして、もう一度頭を下げられた。


そのあと、もう一度きちんと資料を読み込んで、具体的にどういった種を生み出すかについて話し合った。

「種や葉や茎には、薬効成分も毒も含まれていないようだね」

「じゃ、資料と同じ飴玉(あめだま)くらいの種でいいっすね」

グレン様の言葉を受けて、トリス様は新しく用意した紙に種の絵を描き出した。

「茎はつる草っぽくて、葉っぱはわたしの手のひらくらいの大きさで……」

今度はわたしの言葉どおりに、トリス様は茎と葉を描いていく。

「次は花ですね」

「それなんだが、本物よりも花弁の数を増やしてはどうだろうか？」

モンロー様は突然そう言い出した。

「どうしてですか？」

「複数花弁を用意できれば、不測の事態……例えば、調合時の失敗にも備えられる」

そういえば、花びらは材料のひとつであって、薬そのものではなかった。

「では、八重咲きのバラみたいに花びらがたくさんあるものにしましょう」

わたしは、バラ園で見た花を思い出しながらそう言った。

それから、薬となる成分について事細かに書き込んでいく。

毒の効果は出ないこともしっかり書く。

「これで設計図の完成っす」

すべて書き終わると、トリス様がそう言った。

わたしはトリス様が描いた新たな花の種の設計図を何度も何度も読んでから、コクリと頷く。

「毒のない種を生み出します――【種子生成】」

設計図の上に、ころんと飴玉くらいの真っ赤な種が現れた。

「「おお！」」

それを見たハズラック公爵様とモンロー様は、同時に驚きの声を上げる。

グレン様が生み出された種をじっと見たあと、首を横に振った。

「鑑定したけど、その種は毒にも薬にもならないようだよ。もしかしたら、毒のない種になるよう強く願いすぎているのかもしれない……」

たしかに、毒のない種になるようにとても強く願った。

「も、もう一度出します――【種子生成】」

また、設計図の上にころんと飴玉くらいの真っ赤な種が現れたけど、グレン様は首を横に振った。

わたしはすぐに設計図を何度も何度も読み返した。

それから何度もスキルを使ったけど、毒にも薬にもならない種が現れてしまった。

「おかしいっすね。願ったとおりの種を生み出すスキルっすよね。あ……もしかして、『毒のない種を生み出します』って言ってるからじゃないっすか？」

以前、トリス様から『だいたいのスキルは、起こしたいことを考えたり、声に出したあとスキル名を唱えるっす』と、教えてもらっている。

つまり、わたしが唱えるべき言葉は……。

「トリス様が描いた新たな花の設計図どおりの種を生み出します――【種子生成】」

そうつぶやくと、設計図の上に飴玉くらいの青い種が現れた。

すぐにグレン様の顔を見ると力強く頷いてくれた。

「鑑定結果は、副作用のない……毒のない種になっているよ」

「よかった！」

わたしは祈るように両手を組んで喜んだ。

トリス様もハズラック公爵様もモンロー様もみんな喜んでいる。

グレン様がどこからか小箱を取り出して、そっと青い種をしまい、ハズラック公爵様に渡した。

「ありがとう……この恩は忘れない」

ハズラック公爵様はそう言うとモンロー様とともにすぐに応接室から出て行った。

＋＋＋

それから数日後のこと。

「ああそうだ、伝えておくよう頼まれていたことがあってね」

午後の種を生み出す時間に、グレン様が唐突にそう言った。

「ハズラック公爵のところの孫娘だけど、チェルシーのおかげで副作用……目が見えなくなることも体が痺れることもなく、とても元気になったそうだ」

「本当ですか！　よかった……」

グレン様に鑑定してもらって毒のない種を生み出したと聞いていたけど、もしかしたら失敗しているんじゃないかと不安に思っていた。

だから、成功したのだとわかって、ほっとした。

「やったっすね！」

トリス様は両手を上げて喜んでくれた。

わたしたちの話を聞いていたようで、精霊樹がキラッと輝いて子猫姿のエレが現れた。

『ふふん！　我の助言のおかげだ！　我を敬うがいい！』

子猫姿のエレが立ち上がって胸を張っている姿は見ていて微笑ましい。

「エレのおかげだよ！　ありがとう！」

わたしがお礼を言うとエレが急にしゃがみ込んで両前脚で顔を覆い始めた。

「どうしたっすか？」

「たぶん、照れてるのだろう」

「まじっすか!?」

グレン様の言葉を聞いたトリス様は、じっと子猫姿のエレの照れている様子を観察し始めた。

それに気がついた子猫姿のエレが、トリス様に向かって突進し始めたけど、すぐに摑まって手出しできなくなっている。

『わ、我は精霊だぞ！　敬え！』

声も上ずっているし、本当に照れているのかもしれない。

でもね、エレ。

子猫姿だとトリス様には声が聞こえないんだよ……。

わたしは心の中でそうつぶやきながら、そんな様子を眺めていた。

幕間6. グレンとマルクス

Interlude

その日、王城の一室でサージェント辺境伯の令息マルクスから話を聞いていた。

「グレンアーノルド殿下におかれましては、ますますご健勝のことと……」

「マルクス、いつもどおりでいいから……」

俺が嫌そうな顔をすると、マルクスがニカッとした笑みを浮かべた。

この男は普段は第二騎士団の副長を務めているのだが、どこからともなくよからぬ話を嗅ぎつけてきては、俺に報告してくる。

もういっそ諜報部隊に所属すればいいのではないかと言ったこともあったが、それでは情報が集まらないのだと、このニカッとした笑みでかわされた。

「今回は、新種のスキルに目覚めたチェルシー嬢についてなんですがね」

チェルシーについてだと？

これは普段よりも気合を入れて、話を聞いたほうがよさそうだ。

「殿下はチェルシー嬢についてどれくらいご存じですかね？」

「王立研究所に来る前、ユーチャリス男爵家にいたころは虐待されていたと認識しているな。成長阻害や外傷があったから、間違いない。他はそうだな、貴族名簿上はチェルシーとマーガレットは双子で、その母親はアクロイド侯爵の庶子であるメディシーナということになっているな」

俺はマルクスの望みどおりの答えを出したのだろう。

マルクスは普段とは違ってニヤッとした笑みを浮かべた。

「そこまでご存じなら、結論から言いましょう」

俺はマルクスの言葉に軽く頷く。

「チェルシー嬢は、亡くなった第一夫人ソフィア様の子で、第二夫人メディシーナの子ではない。そして、妹のマーガレットはメディシーナの子である。つまり……」

「チェルシーとマーガレットは双子ではない。異母姉妹だな」

「はい。そして、さきほど殿下がおっしゃったように貴族名簿には、チェルシー嬢はマーガレットと双子でメディシーナの子どもだという偽りの情報が登録されているんですよ」

「貴族名簿の虚偽登録は、我が国では重罪だな」

この国というか、この世界ではスキルが重要視されている。

貴族というのは特に高ランクで有用なスキルに目覚める者が多い。

そういった高ランクのスキル持ちを国外へ逃がさないため、また有効利用するために、貴族たちは庶子も含めて漏れなく貴族名簿に正確に登録されなければならない。

「第一夫人のソフィア様の出産に立ち会った産婆、および当時メイドをしていた者二名、それから近所の住人から証言は取ってきました」

「ソフィアの死因は？」

「出産に伴っての出血多量ですね。産婆および死亡を確認した神父の証言がありますよ」

マルクスはさきほどまでとは打って変わって、剣呑（けんのん）とした雰囲気になった。

「実は第一夫人のソフィア様ってのが、サージェント辺境伯家現当主の末妹……つまり俺の叔母にあたるんですよ。長いこと家出してて、気がついたら結婚してて、しかも子どももできずに早くに亡くなったと聞かされていたんですがね。それなのに、ソフィア様にそっくりな娘がいて、虐待されていたなんて知った日には……。いや～、うちの祖父母や両親がどんな行動に出るのか楽しみでしかたないですね」

マルクスは魔王のごとくククククと笑った。

俺としては思う存分暴れてほしいところだが、なにせサージェント辺境伯領は大陸の中央にある魔の森から流れてくる魔物を食い止めている場所だ。

そこに住む者たちはみな、強者（つわもの）ぞろい。

本気で暴れられた場合、死傷者が出る……だけでは済まないだろう。

できれば穏便に済ませてほしいところだが、どうなることやら。

「虚偽登録に関与した者は？」

「ユーチャリス男爵家当主バーナード。それから第二夫人のメディシーナの父であるアクロイド侯爵家当主。あとは貴族名簿を管理している役人が数名」

「第二夫人は関与していないのか？」

「虚偽登録には関与していませんね。でも、長年チェルシーを虐待していたんでね……」

マルクスはそう言いながら、眉間にシワを寄せた。

「なんにせよ、全員引きずり下ろして、まとめて罪に問えばいい」

俺はすでに、国王である兄から『好きにするといい』という許可をもらっている。

裏も取れたことだし、そろそろ始めるとするか。

10. 国王陛下への謁見

I'll Never Go Back to Bygone Days!

ハズラック公爵様の孫娘の命を助けたということで、わたしは国王陛下に謁見することになった。

国で一番偉い人と会うなんて、緊張してあたふたしそう……。

と言っても、今すぐではなく、十日後だそうだ。

どうして、そんなに日にちを空けるのだろう？

そんなことを考えていたら、ジーナさんが見知らぬ女性を連れてきた。

「礼儀作法の講師の方をお呼びいたしました。謁見までの間、みっちり練習いたしましょう」

先生は見事なカーテシーを披露して、わたしににこやかな笑みを向けた。

わたしも先生に向かって、カーテシーを披露したけど、困ったような表情をされてしまった。

それだけで、わたしの動きは悪いのだということがわかる……。

こんな状態では、国王陛下に謁見なんてさせられないよね。

だから、少しでも練習してから謁見に臨むということで十日後になったのかもしれない。

その日から、スキルの調査と研究はお休みさせてもらって、毎日ずっと礼儀作法の練習をすることになった。

貴族らしい挨拶であるカーテシーだけでなく、歩き方やドレスの裾の払い方などひととおりのことを教わり、何度も何度も練習した。

そのおかげできちんとカーテシーができるようになった！

先生にも褒められてとても嬉しかった。

＋＋＋

謁見の日は朝早くから身ぎれいにされた。

グレン様とお庭でお茶会をしたときと同じかそれ以上に、メイドたちに磨き上げられた……。

今回着るドレスは、ハズラック公爵様から、孫娘の命を助けたお礼としていただいたもの。

自分で選ぶのは苦手なので、ほっとした。

いただいたドレスは、薄紫色の少し光沢のある生地を使ったとても珍しいもので、平均より背の低いわたしが着ても上品に見える……！

「まるで貴族のご令嬢になったみたい……」

「チェルシー様はもとから貴族のご令嬢ですよ！」

わたしのつぶやきにマーサさんがそう言った。

一応、ユーチャリス男爵の娘だけど、妹のマーガレット様と違って、わたしはドレスを着る機会なんてなかったから、実感がわかない。

軽くお化粧をしたあと、最後にアクセサリーをつけることになったんだけど……。

スピネルという宝石で出来たイヤリングとネックレスとブレスレットは、全部ドレスと同じ薄い紫色で、どれもこれも見たことがないくらいキラキラしていてとても驚いた。

「落としたらどうしよう……」

「大丈夫ですよ。もしそんなことがあれば、騎士が拾ってくれます」

わたしのつぶやきに、今度はジーナさんがそう答えた。

拾ってもらえるとしても、絶対に落としたくない！

心配なのでできればつけたくなかったけど、ハズラック公爵様からの贈り物だから、つけないと失礼になるとのことで我慢した。


すべての支度が整うと、グレン様が迎えに来てくれた。

グレン様はいつもと違って、襟元に白い布で出来た大きめの飾りをつけていた。

濃紫色のマントに、飾りのついたジャケット姿は正装なのかもしれない。

グレン様の後ろには騎士が数名立っている。

「チェルシーは何を着てもかわいいね」

グレン様はそう言うと、わたしの手を取って優しく微笑(ほほえ)んだ。

「あ、ありがとうございます」

いつもは子ども扱いされているって感じるのに、今日この時だけはそう思わなかった。

だからかな……顔がどんどん熱くなっていく。

きっとリンゴみたいに真っ赤になっているに違いない。

わたしは恥ずかしくなって、ずっと下を向いていた。

グレン様は謁見の部屋の中でも、ずっと付き添ってくれるらしい。

わたしが緊張しすぎて倒れてしまうのが、心配なんだって……。

だから、国王陛下に掛け合ってくれたそうだ。

……国王陛下に掛け合うことができるって、普通ではありえないよね？

もしかして、グレン様ってものすごく身分が上の方なのかもしれない。

黒塗りの大きな扉の前に立っていると、ゆっくりと扉が開いた。

礼儀作法の先生から習ったとおりに、足音を立てないように気をつけつつ、姿勢よく進む。

謁見の部屋は、わたしの研究室くらいの広さだけど、とても高さがあった。

中央奥に豪華だけど落ち着いた雰囲気を感じさせる不思議な椅子がある。

きっと、あれが国王陛下が座る玉座なんだと思う。

部屋の中央あたりで、グレン様と一緒に立ち止まった。

部屋にはたくさんの騎士や貴族の偉い人たちがいる。

午後の二の鐘が鳴り終わったあと、国王陛下が入室するという合図があった。

わたしは頭を下げて待っていた。

サクサクとカーペットを歩く音がしたあと、トスッという音がして椅子に腰掛けたのがわかった。

「面を上げよ」

あれ？　打ち合わせでは、ここで宰相様がお声を掛けてくださって、頭を上げるはずなんだけど
……真正面から声が聞こえたような。

わたしはゆっくりと頭を上げると、濃紺色の長い髪に水色の瞳をした男性が、仏頂面をしたまま
じっとこちらを見ていた。

国王陛下と目が合っちゃった!?

わたしは驚くと同時に、慌てて視線を下へと向けた。

「おまえがチェルシーか」

その一言だけで背筋が凍りそうになる。

心臓がドキドキしてきてなんだか急にフラフラしてくる。

だんだん気が遠くなり始めたところで、グレン様の声が聞こえてきた。

「陛下……ここで【威圧】スキルを使う必要はないかと」

グレン様……思いっきり意見しちゃってるけど、大丈夫なの!?

おそるおそる、グレン様の顔を横からちらりと覗き見れば、普段と変わらない様子。

部屋に立っている騎士や宰相様を見ると、わたしと同じように気が遠くなりかけたような顔をしている。

「グレンに効くか試してみたんだが、やはりだめか」

国王陛下はグレン様に向けてニヤッとした笑みを浮かべたあと、またもとの仏頂面へと戻った。

するとさっきまでの背筋が凍りそうで気が遠くなるような何かが消え去った。

ほっとしていると、国王陛下が宰相様に向かって、顎で合図した。

ここからは打ち合わせで聞いていたとおり、宰相様からお話を聞くことになった。


まずは前国王の弟、ハズラック公爵様の孫娘の命を救ったことを褒められた。

もう、めちゃくちゃ褒められた。

恥ずかしいくらい褒められて、顔が赤くなってしまった。

その功績を称えて、わたしは国の特別研究員になることになった。

特別研究員になると、紫色の布飾りのついた白いローブを着ることになるらしい。

あとは未成年のうちは今までと同じように王立研究所の隣にある宿舎で暮らして、成人したら城塞内の別の場所に住居を用意すると言われた。

他には、今までよりも多くお給金がいただけるとか、専属メイドが増えるとか……。

それから、わたしが持つスキルの関係で城塞内に専用の庭をもらえるそうだ。

庭を持つにあたっての注意事項を聞かされた。

話を聞き終えると、三枚の羊皮紙に署名をすることになった。

羊皮紙の内容を確認しようとしたら、宰相様が簡単に教えてくれた。

「一枚目は国の特別研究員になることを承諾するというもの、二枚目は城塞内に専用の庭を持つのでさきほど話した注意事項を守るというもの、三枚目はサージェント辺境伯の養女になるというものです」

……え？

最後になんて言った!?

わたしは驚いて目を見開いたままになっていたけど、宰相様は気にせず話をつづけていく。

「三枚ともここの欄に署名をしてください。一枚目と二枚目は『チェルシー・サージェント』と、三枚目はお名前だけで結構です」

わたしは横にいるグレン様をゆっくりと見た。

普段と違っていたずらが成功したような笑みを浮かべつつ、力強く頷かれた……。

そうだった。

悪い種を生み出さない代わりに、研究員として王立研究所に残れるようにしてくれるって他の貴族の家の養女にしてくれるって話になったんだった。

でも、こんな……国王陛下の前で知らされるなんて、ひどくない!?

なんだかちょっとだけ怒りがわいてきたら、緊張がどこかへいった。

その勢いで、三枚の羊皮紙に名前を記入していく。

震えて書けないと思っていたから、ちょうどよかった……ということにしておこう。

すべてに記入し終えると宰相様が羊皮紙を国王陛下に渡した。

国王陛下は羊皮紙を受け取るとさきほどとは打って変わって、ニヤッとした笑みを浮かべた。

あれ？　なんかグレン様と似ているような？

そういえば、髪の色も瞳の色もまったく同じだよね。

不思議に思って、国王陛下とグレン様を交互に見ていたら、国王陛下が突然、プッと吹き出した。

「似ていると思ったのであろう？」

身分が高い人とどう会話していいかわからなかったので、とりあえずコクリと頷いた。

すると、国王陛下の笑みが深くなった。

「グレンは私の歳（とし）の離れた弟なのだよ」

「え!?」

「今ここで伝えなくてもいいでしょう……」

横に立つグレン様を見れば、眉間にシワを寄せながら盛大にため息をついている。

もしかしたら、知られたくなかったのかもしれない。

いきなり養女になったことよりも、グレン様が国王陛下の弟だってことのほうが驚きだよ⁉

待って、それよりも、もしかして……⁉

「い、今までグレン様、じゃなくてグレン殿下に対して失礼な態度を取っていたんじゃ……」

あまりにも驚きすぎて、考えていたことが口からぽろりとこぼれた。

「チェルシーに失礼な態度を取られたことはないよ。それよりも殿下呼びはやめてほしいな」

「わ、わかりました……グレン様」

グレン様の心底嫌そうな顔を見て、わたしはすぐにそう答えた。

「ああそうだ、先に伝えておこう。近日中に、おまえの……チェルシーの貴族名簿上では産みの親にあたる者たちを呼び出すことになっている。詳しいことはグレンから聞いておけ」

国王陛下はそう言うと、宰相様とともに謁見の部屋を出て行った。

お父様とメディシーナ様が来る……？

そう聞いた途端、家にいたころのことを思い出した。


あれは……お父様が久しぶりに家に帰ってきたときの話……。

わたしはメディシーナ様から、離れの小屋にいて、カギを掛けて出てこないように言いつけられていた。

もし出たら、しつけとしてきついムチ打ちが待っているので、じっとしているしかない。

すると、お父様が小屋へやってきてしまった。

「チェルシー、どうしてこんなところに籠っているんだ。出てきなさい」

お父様の声は冷たくて、とても怖かった。

あまりにも怖かったので小屋から出ようかと思っていたところ、メディシーナ様の声が聞こえてきた。

「あの子は反抗的だから、しかたありませんわ。出てきたら、しっかりとしつけておきますわ」

心臓がぎゅっと痛くなった。

お父様は出てきなさいと言ったけど、出たらメディシーナ様にムチ打ちされる……。

わたしはそのまま薄い毛布にくるまって小屋から出なかった。

そして、お父様が家を出て行ったあと、メディシーナ様からしつけという名目でたくさんムチで打たれた。ムチ打ちだけじゃなく、その時は物を投げつけられたり、蹴られたりしたので、このまま死ぬのではないかと思った。

あの時の恐怖が蘇(よみがえ)って、怖くなった。

お父様とメディシーナ様が王城へ来たら、家にいたときと同じようにムチで打たれたり、ひどい言葉をなげられたりするかもしれない。

「チェルシー？　顔色が真っ青になっているよ。すぐに部屋に戻ろうか」

わたしはグレン様の言葉に小さく頷くと倒れそうになりながらも宿舎の部屋へと戻った。

＋＋＋

翌日になってもわたしの顔色は悪いままだった。

朝ごはんも喉を通らなくて、まったく食べられない。

ジーナさんとマーサさんが心配して声を掛けてくれるけど、耳を素通りして頭に入らない。

このままではよくない……と頭ではわかっているのに、心はついていかないようだった。

そんな状態のまま、トリス様に連れられて研究室へと向かった。

研究室に入るとトリス様は何とも言えない表情をしながら、畑仕事のために出て行った。

グレン様はわたしの様子を見ると、すぐにソファーまで手を引いてくれた。

そのままソファーに腰を掛けてぼーっとしていると、庭の精霊樹がキラッと光って、子猫姿のエレが現れた。

『元気がないようだが、どうした？』

わたしは口を開きかけたけど、すぐに首を横に振った。

『言いたくないのならばしかたない』

子猫姿のエレはそう言うと、私の足に頭をこすりつけた。

そっと抱き上げて膝の上に乗せると、いつものように丸くなった。

みんな心配してくれているのだと、頭ではわかっているのに心が追い付かない。

大きくため息をついたところでノックの音がした。

いつもどおり、ジーナさんかマーサさんが魔力の総量を増やすお茶会の準備のためにカートを押して入ってくるのだと思っていたら、入ってきたのはサージェント辺境伯の令息で、第二騎士団副長のマルクス様だった。

マルクス様は箱を持っている。

「改めて挨拶をしたほうがいいと思って呼んだんだ」

グレン様がわたしの隣に座りながらそう言った。

「改めて昨日から、チェルシー嬢じゃないな……、チェルシーの兄になったマルクスだ。これは君の新しい両親……つまり、サージェント辺境伯家当主と夫人からの祝いの品だ」

マルクス様はニカッとした笑みを浮かべると、手に持っていた箱を渡してきた。

「……ありがとうございます」

わたしは沈んだ気持ちのままお礼を言い、ゆっくりと箱を開けた。

箱の中には、大きめのブローチが入っていた。中心には剣のような紋章が描かれている。

「そのブローチに描かれているのはサージェント辺境伯家の紋章だ。それはチェルシーがサージェント辺境伯家の者だという証でもある。大事にするように」

サージェント辺境伯家の紋章……？

そうだ……！　わたしはもうユーチャリス男爵の娘じゃない。

正式にサージェント辺境伯の養女になったんだ。

わたしがブローチに見入っていると、隣に座っているグレン様がぽんぽんと頭を撫でてくれた。

「さて、浮かない顔をしているチェルシーに伝えておきたいことがある」

わたしはグレン様の言葉にコクリと頷いた。

「いろいろと調べた結果、チェルシーの産みの親はメディシーナではないことがわかった」

「え!?」

「チェルシーの本当の産みの親はサージェント辺境伯家現当主の妹ソフィアだったんだ」

その言葉にわたしは口をぽかんと開けた。

「ちなみに、マーガレットの産みの親はメディシーナだよ」

わたしは何度もパチパチと瞬きを繰り返した。

ずっと母だと思っていたのに本当は違うなんて……。

それなら、双子だと言いつつマーガレット様とわたしに対して違う態度を取るのも頷ける。

わたしの髪色はお父様にもメディシーナ様にも似ていなくて、メディシーナ様のお父様であるアクロイド侯爵様とも違うもので……誰とも似ていなかった。

突然変異だと言われていたのは、産みの母が違うからだったんだ……！

納得していると、真正面に立っていたマルクス様が膝をついてわたしの顔を覗き込んだ。

「そういうわけで、新しい両親は伯父と伯母であり、俺とチェルシーはイトコでもあるんだ。だから、気兼ねなくお兄様と呼んでくれ」

マルクス様……マルクスお兄様はそう言うとニカッと笑った。

驚きすぎて何も言えなくなっているとグレン様が優しく微笑んだ。

「少しは悩みが晴れたかな。それじゃ、みんなを呼ぼうか」

グレン様はそう言うと立ち上がって、テーブルの上にあったベルを鳴らした。

すると、カートを押したジーナさんとマーサさん、それからトリス様が部屋に入ってきた。

ジーナさんがテーブルに白いクロスを掛けて、マーサさんが次々とお菓子と飲み物を並べていく。

テーブルいっぱいに並べ終わると、グレン様が言った。

「準備ができたし、座ろうか」

そうして、グレン様に手を引かれて、いつものクッション付きの椅子に座った。

目の前には初めて見るわたしの頭くらいの大きさの丸いケーキがあった。

そのケーキにはチョコレートで出来たプレートが載っていて『おめでとう』と書かれている。

「今日はチェルシーが特別研究員になったお祝いをしようと思ってね」

驚いていたら、グレン様がそう言った。

空いた席には、トリス様とマルクスお兄様が座った。

子猫姿のエレだけがソファーに座ったままだ。

「おめでとう」

「ありがとうございます」

驚きすぎて頭が追い付かないままお礼を言って、みんなの顔を見回した。

グレン様はいつにも増して優しそうな微笑みを浮かべている。

トリス様はにぱっとした笑みを、隣に座るマルクスお兄様はニカッとした笑みを浮かべて、嬉しそう。

それから、壁際に立つジーナさんとマーサさんが音は鳴っていないけど拍手している。

子猫姿のエレは、わたしの顔を見て小さく頷いた。

『少しは元気が出てきたようだな』

そんな声が聞こえてくる。

「さあ、食べようか」

グレン様の言葉を聞いたあと、大地の神様に祈りを捧(ささ)げて、わたしたちはお菓子を食べ始めた。

朝はまったく喉を通らなかったのに、今はするりと通ってしまう。

小さく切ったケーキを食べたあと、チョコレートで出来たプレートにかぶりついた。

あ！　マナー的によくなかったかも!?

そう思って、ジーナさんとマーサさんを見れば、苦笑いしていた。

「ああそうだ、伝え忘れていた。国の特別研究員は、王族とほぼ同等の身分になるんだよ」

王族……王弟のグレン様と同等の立場ということ⁉

「もともと、新種のスキルに目覚めた者は期間限定だけど、王族とほぼ同等の身分だったんだ。チェルシーの場合は、これからずっとそういう身分だからね」

「そうなんすよ。特別研究員になるのって、とてもすごいことなんすよ！　本当はもっと大々的にお祝いしたかったっす！」

「第二騎士団としては心置きなく末永くチェルシーを守れるから、よかったよ」

グレン様、トリス様、マルクスお兄様の三人が口々にそう言った。

わたしはケーキにつづいて、プリンを口にしながら考えていた。

サージェント辺境伯の養女と特別研究員になった。

近々、お父様とメディシーナ様が王城に来るけど、立場が違うのだからムチで打たれることはないのでは？

他家の者がしつけをするなんて、おかしいことだし……。

もしかしたらきついことを言われるかもしれないけど、体が痛いわけじゃないから耐えられる。

そこまで怖がる必要ってないのかも……。

それに気がついた途端、心がぐっと軽くなった。

わたしには、優しくしてくれたり、守ってくれたり、心配してくれる人たちがいる。

口の中のプリンを飲み込むと、わたしは力強く頷いた。

11. 二度と家には帰りません！

サージェント辺境伯の養女になってからしばらく経ったころ、王城にお父様とメディシーナ様がやってきた。

二人は国王陛下からの呼び出しで来ていたんだけど、理由は知らされていないそうだ。

たぶん、メディシーナ様は出来損ないと呼んでいたわたしが何か問題を起こしたので呼び出されたのだと思い込んでいるんじゃないかな。

二人は謁見の部屋へはすぐに通されず、わたしと妹のマーガレット様がいる別室へと案内された。

お父様とメディシーナ様を案内したのは、第二騎士団副長のマルクスお兄様。

マルクスお兄様は二人を案内すると、そのまま何食わぬ顔で部屋の中に入って他の騎士と一緒に壁際に立っている。

部屋に入ってきたとき、お父様がうつろな目をしていたのが気になった。

グレン様の案で、わたしはとてもシンプルで平民のようなワンピースを着ている。

国王陛下への謁見の前にできるかぎり、お父様とメディシーナ様の本音を引き出したいので、家にいたころに近い恰好でいてほしいとのことだった。

マーガレット様は制御訓練生が身につける黒い制服に灰色のローブを着ていた。

部屋に入って最初に口を開いたのはメディシーナ様だった。

「あなたが何か粗相をしたから、わたくしたちは国王陛下から呼び出されたのでしょう？　ホント、出来損ないで困るわ！」

メディシーナ様は周囲のことなんか気にも留めずに、わたしに向かってそう言い放った。

マルクスお兄様がムッとした表情になっているのが見えた。

わたしはあえて、下を向いて何も言わないようにした。

「それに比べて、マーガレットちゃんは優秀なのね。それ、制御訓練生が着るローブでしょう？」

メディシーナ様は嬉しそうな声でマーガレット様に向かってそう言った。

「ええ、これは制御訓練を受ける者が着るローブですわ。研究員はさまざまな色の布飾りをつけた白いローブを着るの」

あれ？　マーガレット様の声が少し震えている気がする。

もしかしたらマーガレット様は、今回の二人が呼び出された理由が、自分の行動のせいだと思っているのかもしれない。

どんな理由があっても、制御訓練生という学生の立場の者が、新種のスキルに目覚めた賓客扱いの者に対して攻撃を向けたという事実は消えない。

それを考えると、後ろめたいのかもしれない。

「あなたはマーガレットちゃんみたいに灰色のローブを着ていないのね。やだわぁ、ここでも出来損ないなの？　あなたがここで生活するための費用を誰が払っていると思うの？　わたくしたちが払っているのよ！　出来損ないに掛けるお金なんて必要ないから、すぐにでも訓練をやめて、魔力を封印してもらいなさい。そうして、今までと同じように家で過ごしなさいね」

メディシーナ様は大きなため息をつきつつそう言った。

今までと同じように家で過ごす……ということは、夜明け前に起きて、ボロボロの服に着替えて、屋敷中の掃除をして、一切褒められることもなく、しつけという名のムチ打ちを受けて、食事を抜かれてお腹をすかせる生活に戻るということ。

わたしは気合を入れるために、グッと歯を食いしばると顔を上げた。

「わたしは……二度とあなたたちがいる家には帰りません」

叫ぶのでも怒るのでもなく、なるべく静かにそう言った。

わたしは、王立研究所に来ていろいろなことを知った。

優しくされたり、心配されたり……そういったことは家ではなかった。

そんな家に誰が帰りたいと思うの？

薬となる花の種を生み出して王族の血が流れているハズラック公爵家の令嬢の命を救った。

それによって王族とほぼ同等の身分である特別研究員になった。

さらにサージェント辺境伯の養女にもなった。

だからもう、ユーチャリス男爵家はわたしの帰る場所じゃない。

わたしが拒否するなんて考えていなかったみたいでメディシーナ様は目を見開いて驚いていた。

そして、そのまま怒りの形相へと変わった。

「なんてことを言うの！　出来損ないのくせに！」

メディシーナ様はそのままつかつかとわたしのそばまできて、手を振り上げようとした。

それをお父様が止めた。

あまりにも意外な行動だったので、わたしはぽかんと口を開けた。

「前にも言ったが、子どもに手を上げるんじゃない」

お父様はうつろな目をしつつそう言った。

あれ……前にもこんなことがあった気がする。

わたしがもっと小さかったころ、まだメディシーナ様とマーガレット様のことを様付けで呼ぶ前、わたしが叩かれそうになったところにお父様が割って入ったことがあったような……。

そういえば、お父様は滅多に家にいなかったけど、帰ってきている間はメディシーナ様からムチで打たれることはなかった。

「い、いやだわ、バーナード。これはしつけよ？　母の言うことが聞けないほうが悪いのよ？」

メディシーナ様は手を引っ込めながら、お父様に向かってにっこり微笑んだ。

「そもそもチェルシーは制御訓練生ではなく、新種のスキルに目覚めた者だろう？　ここでの生活費はすべて王立研究所が負担しているはずだ。たしか、給金も出ているのではなかったか……？」

　お父様の言葉にわたしは小さく頷(うなず)いた。

「なんですって!?」

　メディシーナ様はそう言いながら目を輝かせた。

「お給金が出ているのなら、家に帰ってこなくていいわ！　このままここで働いて、お給金はすべて家に入れなさいね！」

「お断りします」

　わたしはもう、ユーチャリス男爵の娘じゃない。家にお給金を入れろというなら、サージェント辺境伯家になる。

　本日二度目の拒否にメディシーナ様は耐えられなくなったようで叫んだ。

「ふざけないでちょうだい！　今まで育ててやったんだから、恩くらい返しなさいよ！」

　殴り掛かりそうになっているところを、お父様だけでなく騎士たちが押さえる。

　身動きできないように拘束したところへノックの音が響いた。

　部屋に入ってきたのはグレン様と宰相様だった。

「夫人の声は廊下まで響き渡っていますよ。しかし、今までさんざん虐げておいて恩返ししろとは、どう考えたってムリでしょうね」

　グレン様はそう言いつつ、クスクス笑っている。

だけど、その目は笑っていない。

メディシーナ様は顔を真っ赤にして、グレン様を睨みつけた。

「ただの鑑定士のくせになんなのよ！」

グレン様は国の認めた鑑定士でもあるけど、それと同時に国で上から数えて何番目かに偉い人なんだよ。と心の中でつぶやいた。

「そういえば、以前お会いしたときにきちんと挨拶をしていなかったな。俺はグレンアーノルド・スノーフレーク。国の認めた鑑定士であり、スノーフレーク公爵家当主でもある。そして、現国王アレクシスケヴィン陛下の弟だよ」

メディシーナ様はグレン様の名前を聞いた途端、顔色を青くしてぶるぶると震え出した。

『グレンアーノルド』という名前で自己紹介されていたら、わたしでも王弟だって気づいたかもしれない。

なぜなら、『国王陛下は王弟のグレンアーノルド殿下のことをとても大事にしている』って話はすごく有名で、平民である庭師のおじいさんも知っていたから。

「さて、国王陛下がお呼びだ。裁きの間へ移動しようか」

グレン様は冷めた目をしつつ笑みを浮かべて、お父様とメディシーナ様に向かってそう言った。

このあと、二人は国王陛下の前で、虚偽登録について詳らかにされて、裁きを受けるらしい。

お父様とメディシーナ様、それからマーガレット様は、騎士たちに囲まれて部屋を出て行った。

「さて、チェルシーは変身の時間だよ」

グレン様はそう言うと、優しく微笑み、テーブルの上のベルを鳴らした。

するとジーナさんとマーサさん、新しく増えたメイドたちが荷物を抱えて入ってきた。

「え？」

わたしが驚いていると、グレン様は軽く片手を上げたあと、宰相様とともに部屋を出て行った。

「では、失礼いたします！」

マーサさんがそう言うとメイドたち全員が力強く頷き、わたしはシンプルで平民のようなワンピースを脱がされた。

「ひ、ひとりで脱げますううう……！」

突然のことだったので、初めて世話をしてもらった日と同じように叫んでしまった。

「国王陛下がいらっしゃる場にチェルシー様も同席されるとグレン殿下から伺っております」

「そこにチェルシー様を舐めてる人が来るともおっしゃっていました」

「私たちにできることはチェルシー様を磨き上げ、美しくすることでございます」

ジーナさんとマーサさんは交互にそう言うと、にっこり微笑んだ。

そして、ハズラック公爵様からいただいた薄紫色のドレスに着替えさせられる。

「紫色は王族の色と言われていて、貴族の場合、王族から贈られた品以外を身につけるのは許されていません」

「チェルシー様は、前国王の弟であるハズラック公爵様から紫色の品々を贈られております」

「これを身につければ、王族と関わりがあるって、知らしめることができるんです！」

わたしが驚いている間に、どんどん着飾られていく。

薄い紫色のイヤリング、ネックレス、ブレスレット。

それから大きめのヘアアクセサリー。

ドレスの胸元には、養父母から贈られたサージェント辺境伯家の紋章入りブローチ。

最後に軽くお化粧をしてもらった。

「完璧です！」

マーサさんがそう言うと他のメイドたちもうんうんと頷いた。

鏡に映るわたしは、瞳の色も含めてたくさんの紫色に囲まれている。

胸元のブローチが、わたしはもうユーチャリス男爵の『出来損ない』と呼ばれる双子の姉ではないことを示している。

着飾ることで、こんなに勇気をもらえるなんて、知らなかった。

裁きの間でどんなことが起こったとしても、どんなことを言われたとしても、がんばれる！

「みなさん、ありがとう。いってきます！」

わたしは気合を入れると部屋を出た。

＋＋＋

裁きの間は、部屋の半分が傍聴席となっていた。

残り半分のスペースの中央には四角く線が描かれている。

あとで聞いた話では、四角い線の内側にいる間は、魔力封じの腕輪をつけたときと同じように、スキルが一切使えなくなるそうだ。

その四角い線の内側に、ユーチャリス男爵家当主のバーナードお父様と夫人のメディシーナ様、それからマーガレット様が立たされていた。

部屋に入って右壁際には、養父母であるサージェント辺境伯家当主と夫人、わたしとマルクスお兄様の四人が用意されていた椅子に腰掛ける。

反対の壁際には、グレン様とトリス様、それからメディシーナ様のお父様でアクロイド侯爵様とその夫人が椅子に座っていた。

しばらくすると奥にある扉が開いて、国王陛下と宰相様が部屋に入ってきた。

国王陛下は中央奥にあるテーブルつきの椅子にドカッという音とともに腰を下ろした。

宰相様はわたしの斜め後ろに立った。

「まず先に皆さまにご報告がございます。こちらのチェルシー様ですが、先日、【治癒】以外のスキルで人命を救ったことを称えて、国の特別研究員になられました」

宰相様がそう告げると、傍聴席から驚きの声が上がった。

わたしは立ち上がると、その場でカーテシーを披露した。

メディシーナ様とマーガレット様はわたしの姿を見て、信じられないといった表情をしている。

貴族らしい振る舞いができたことと、薄紫色のドレスやアクセサリーを身につけていることに驚いているようだった。

わたしはここに……王立研究所に来て変わった。

今までのような『出来損ない』と呼ばれて虐げられていた娘ではない。

「同時にサージェント辺境伯の養女となられましたことも併せてご報告させていただきます」

宰相様がそう言うと、反対側の壁際に座るアクロイド侯爵様が立ち上がった。

「なぜ、サージェント辺境伯家なのだ！」

部屋に響くほど、声を荒らげている。

ちなみにサージェント辺境伯家当主である養父様はにこやかな笑みを浮かべているし、夫人である養母様はわたしの手を取って優しく撫でてくれている。

グレン様以外からそんな風に優しく触れられたことがないので、気恥ずかしいけど、でも嬉しい。

「チェルシーはワシの孫娘だ！　筋を通すのであれば、我が家の養女になるべきだろう！」

アクロイド侯爵様は鼻息を荒くしてそう言ったけど、国王陛下も宰相様もグレン様もみんな首を横に振ってため息をついていた。

「何度もユーチャリス男爵の屋敷で面倒を見てやっただろう？　さあ、チェルシー。今すぐワシのもとへ来なさい！」

アクロイド侯爵様は、娘であるメディシーナ様と同じような発言をした。

「発言してもよろしいでしょうか？」

わたしは一度、斜め後ろに立つ宰相様に向かってそう尋ねた。

宰相様は力強く頷いている。

視線を真正面にいるアクロイド侯爵様に移したあと、わたしは背筋を伸ばしてきっぱりと答えた。

「お断りします。アクロイド侯爵様から蹴り飛ばされた覚えはありますが、面倒を見てもらった覚えはございません」

わたしの堂々とした振る舞いに、アクロイド侯爵様はわなわなと震えて顔を真っ赤にしていた。

侯爵夫人は何かを察したようで、冷めた目をして夫である侯爵様から椅子を少し離した。

そして、覚悟を決めたような表情へと変わった。

「なぜサージェント辺境伯の養女となられたかは、このあとお話しさせていただきます」

宰相様はアクロイド侯爵様にそう言い放つと、わたしに座るように促し、国王陛下の隣へと移動した。

そして……裁きの時間が始まった。

「先日、チェルシー様がサージェント辺境伯の養女となる際に、貴族名簿に虚偽の登録がされていることが判明いたしました」

宰相様はそこで区切るとその場にいた者たちを見回した。

お父様はうつろな目をしたまま、どこも見ていないようだった。

メディシーナ様は顔を引きつらせつつも堂々とした態度をしている。

「我が国では貴族名簿に虚偽の登録を行うことは重罪でございます。それを踏まえた上で虚偽登録の内容をお伝えします」

宰相様がそう言うとメディシーナ様の態度が急におかしくなった。

視線はアクロイド侯爵様に向いていて、口をパクパクしている。

もしかして、貴族名簿の虚偽登録が重罪だってことを知らなかった……？

「虚偽の内容は三つ。ひとつ目はチェルシー様の生まれた日が二日ほど違っていること。次にチェルシー様の産みの母ですが、実際には第一夫人でサージェント辺境伯の令嬢だったソフィア様であること。最後にチェルシー様とマーガレット嬢は双子ではなく、異母姉妹であること……でございます」

宰相様が言い終わると、メディシーナ様は下を向いて動かなくなった。

「すべて出生時の登録ですので、チェルシー様本人は虚偽登録と関係ございません。第一夫人だったソフィア様は出産時に亡くなったとのことで、こちらも関係ございません。関与の可能性があるのは、実の父であるユーチャリス男爵と第二夫人のメディシーナ様、それから第二夫人の父であるアクロイド侯爵くらいでしょう」

「何を言っている！　ワシはそんなものに関与していない！」

アクロイド侯爵様が唾を飛ばしながらそう言った。

「これに関しては証人を連れてきています」

宰相様は部屋の入り口に立つ騎士に目配せすると扉を開けさせて、三人の人物を部屋に通した。

傍聴席と四角い線との間に立つと三人は、それぞれ頭を下げていく。

初めに話し始めたのは、ユーチャリス男爵家でこっそり食事を用意してくれた料理人だった。

「俺は……少し前までユーチャリス男爵家で料理人をしていた者です。第二夫人のメディシーナ様がやってきてから、第一夫人だったソフィア様は離れの小屋で暮らすようになった。だから、毎日食事を届けてました。膨らんだ腹を幸せそうに撫でてる姿を何度も見かけました」

次に話し出したのはメディシーナ様の身の回りの世話をしているメイド……。

わたしに読み書きと計算を教えてくれた人でもある。

「私はソフィア様がご存命だったころ、専属のメイドをしておりました。ソフィア様はチェルシー様をお産みになられた直後、亡くなりました。翌々日に第二夫人のメディシーナ様がお屋敷でマーガレット様をお産みになられたことを覚えております。マーガレット様が生まれた日に、メディシーナ様のお父様がいらっしゃって、旦那様と話し合っている姿を目にしております」

最後は見たことのないおばあさんで、とても緊張した面持ちをしている。

「わ、私は長年、産婆をしております。十二年前のあの日、第一夫人のソフィア様がチェルシー様をお産みになるのをお手伝いしました。それから二日後、第二夫人のメディシーナ様がマーガレット様をお産みになるのもお手伝いしました。マーガレット様が生まれてすぐ、アクロイド侯爵家当主と名乗る男性が部屋に入ってきて、マーガレット様の顔を覗き込んでいたのをよく覚えております。それと……私の亡くなった夫はユーチャリス男爵家の庭師をしておりました。チェルシー様の境遇をとても心配しておりました」

庭師のおじいさんの奥さんだったんだ!?

おじいさんのおかげでわたしは人らしい生活ができていた。今でも感謝している。

最後に話したおばあさんをじっと見つめていたら、微笑まれた。

「異論はありますか?」

「ワシは孫娘の顔を見に行っただけで、何もしておらん!」

宰相様の言葉にアクロイド侯爵様はそう答えた。

すると隣に座っていた夫人が立ち上がって、パシンッとアクロイド侯爵様の顔を叩いた。

「縁を切った……そうおっしゃっていたのは嘘でしたのね?」

アクロイド侯爵様は口を引き結ぶと、ぶすっとした表情のまま椅子に座った。

「お恥ずかしいところをお見せして、大変申し訳ございません」

夫人はそう言うと椅子に座りなおした。

宰相様がお父様へと視線を向ける。

「知りうるすべてを話します」

お父様はそう言うと、その場で頭を下げた。

＋＋＋

結論から言うと、お父様はアクロイド侯爵様から、ユーチャリス男爵家への支援の打ち切りを匂わされて、生活のためにわたしとマーガレット様を双子として貴族名簿に登録したらしい。

実はアクロイド侯爵様は婿養子で、侯爵家の血を引いているのは夫人なんだって。

そんな侯爵様と平民の間に生まれたのがメディシーナ様。

当主の庶子だけど、侯爵家の血は一滴も流れていないから、侯爵夫人主導でメディシーナ様とその母親とは縁を切ったんだって。

ところが、侯爵様はメディシーナ様をとてもかわいがっていた。

このままだと、メディシーナ様は貴族の血が流れているのに平民として生きていくことになる。

一方そのころ、お父様とお母様は結婚して三年経っても子どもができなくて悩んでいた。

それをアクロイド侯爵様に相談したところ、メディシーナ様との婚姻を勧められたんだって。

お父様はお母様と相談した結果、メディシーナ様を第二夫人として迎え入れた。

侯爵様としてはメディシーナ様が貴族として生活できるってとても喜んだみたい。

ユーチャリス男爵家に支援するという形で、メディシーナ様とも関われるし……。

それから一年後、お母様とメディシーナ様は同時期に妊娠して、同時期に子どもを産んだ。

貴族は長子が跡取りになるもの。双子の場合はほぼ同時に生まれてくるから、能力の高いほうを跡取りにするというのが一般的なんだって。

二日だけど先に生まれたので、男爵家の跡取りはわたし。

それだと、マーガレット様は将来、貴族と婚姻できなければ平民になってしまう。

せっかく娘のメディシーナ様を貴族にできたのに、孫が平民になるかもしれない……なんて、侯爵様には我慢ならなくて、わたしとマーガレット様を双子として貴族名簿に登録させることにしたんだって。

マーガレット様にだけ貴族らしい教育をすることで能力の高さを示して、男爵家の跡取りになるよう仕向けるつもりだったらしい。

だから、わたしは出来損ないにされるために、メイドのような扱いを受けつつ、平民のように学校へ行くこともなく、家庭教師を呼んで貴族らしい教育を受けることもなかったんだ……。

ちなみに、メディシーナ様は初めのうちはわたしとマーガレット様を同じようにかわいがってくれていたんだって。

双子として貴族名簿に登録したとは聞いていたけど、気にしていなかったんだとか。

ところが、お父様がわたしを男爵家の跡取りにするつもりだって知って……生きている第二夫人の自分より、亡くなった第一夫人のお母様のほうを大事だと思っているのだと勘違いしたみたい。

お父様はただ、長子だからって理由でわたしを跡取りにするつもりだったんだけど、理解してもらえなかったらしい。

そこからわたしをないがしろにして、アクロイド侯爵様の言うとおりに扱うようになったみたい。

お父様はメディシーナ様の行動を止めようとしたんだけど、アクロイド侯爵家に軟禁される形で仕事をさせられていて、なかなか家に帰れなかったそうだ。


お父様が話し終わると、隣に立っているメディシーナ様が叫んだ。

「わたくしは悪くないわ！」

「たしかにおまえは虚偽登録には関与していないようだがな」

国王陛下がそこまで言うと、メディシーナ様は満面の笑みを浮かべた。

「陛下が同意してくださったわ！　わたくしは悪くない！」

「だが、おまえは双子ではないと知っていた。知っていたならば、報告することもできただろう？」

「え、いや、でも……」

「知っていながら、報告を怠った。さらには、チェルシーに対して虐待していたのだろう」

「違うわ！　あれはしつけよ！　そもそも、自分の子どもをどう扱おうが親の勝手でしょう！」

メディシーナ様は血走った目でそう言うとその場で暴れ出した。

それをすぐさま、騎士たちが取り押さえる。

「その勝手のせいで、チェルシーは体中に傷を負い、成長阻害などの状態異常をたくさん抱えていた。おまえのしていたことは親として恥ずべきことだ」

今までずっと黙っていたグレン様が立ち上がるとそう言った。

隣に座っているトリス様も怒った表情になっている。

「ち、ちがう……わたくしは……わたくしは……！」

メディシーナ様はそう言うと錯乱したようで、その場でわけのわからない言葉を叫び始めた。

あまりにもうるさいので、国王陛下が指示を出すと、メディシーナ様は拘束されて、部屋から追い出された。

メディシーナ様が追い出されたことで、部屋はしぃんと静まり返った。

その沈黙を破ったのは国王陛下。

「なあ、アクロイド侯爵。男爵程度の身分で簡単に虚偽登録ができるほど、我が国の制度には問題があると思うか？」

国王陛下はすべてを見透かすような意地の悪い笑みを浮かべると、アクロイド侯爵様に向かってそう言った。

言われた侯爵様は、なんとも言えない声を出しつつ、冷や汗をかいている。

「はいと答えたならば、国に問題があるとして、大々的に調査を行う必要がある。やましいことがなければ、何も気にする必要はない」

国王陛下はそう言うとさらに笑みを深めた。

「逆にいいえと答えたならば、ユーチャリス男爵以外に関与した者がいるということだ。男爵が懇意にしている高位の貴族は、アクロイド侯爵、おまえくらいだろうな」

侯爵様は視線を泳がせて、結局何も答えなかった。

国王陛下が片手を上げると、部屋にいた騎士たちがあっという間に侯爵様を取り囲んで拘束した。

「な、なにをする！　離せ!!」

騎士たちは侯爵様の言葉を無視して、中央の四角い線の内側へと移動させていく。

「ワシは何もしておらん！」

アクロイド侯爵様は移動させられても、偉そうな態度を崩さなかった。

「ユーチャリス男爵が虚偽登録をする際に、アクロイド侯爵が便宜をはかったことは、実際に貴族名簿に登録した職員から報告が上がっております」

宰相様はそう言うと、当時虚偽登録に関わった人物の名前を次々に挙げた。

「名前の挙がった者たちは、アクロイド侯爵からさまざまな脅しを受けていたようです」

「そのような記憶はございませんな」

宰相様の言葉に侯爵様はとぼけたふりをしていたけど、侯爵夫人が手を上げて発言を求めたことで視線を彷徨（さまよ）わせた。

「入り婿であるあなたもあなたの子であるメディシーナも、わたくしにはどうだっていいの。大事なのはアクロイド侯爵家の存続よ。これ以上無様な真似（まね）はしないでちょうだい」

アクロイド侯爵家の血を引いているのは夫人だからこそ言える言葉なのかも。

「陛下にお願いがございます」

「言うがいい」

「虚偽登録の罪は夫とわたくしが受けます。ですので、どうかアクロイド侯爵家には咎（とが）のなきようお願いいたします」

侯爵夫人はそう言うと、その場で深々と頭を下げた。

「それは、アクロイド侯爵が抱えている不正次第だ。令息に一切の関与がなければ、侯爵家の存続を考えよう」

国王陛下がそう言うと侯爵夫人は再度深々と頭を下げた。

「ありがとうございます」

そうして裁きの時間は終わって処罰が決まった。

お父様は、虚偽登録とアクロイド侯爵家の不正に加担していたとして、鉱山労働者として一生を過ごすことになった。それにともなって、ユーチャリス男爵家は取りつぶし。

メディシーナ様は錯乱状態から回復しなかったので、魔力封じの腕輪をつけて、修道院へ送られることになった。

妹のマーガレット様は、魔法を暴発させてしまったので、制御訓練を中止して、魔力封じの腕輪をつけて、身寄りのない子どもの集まる養護院へ行くことになった。

アクロイド侯爵様は、虚偽登録が些細(ささい)なものだと思えるくらいの別の不正が発覚して、これからしばらくの間、地下牢(ちかろう)で取り調べをするらしい。すべて調べ終わったら、絞首刑になるのだとか……。

侯爵の令息は不正に多少関与していたので、アクロイド侯爵家は伯爵家へと降格。

侯爵夫人は不正に一切関与していなかったけど、夫と一緒に罪を償うと発言していたから、領地で余生を過ごすように命じられた。

それから、虚偽登録に加担した職員たちは、全員クビになるらしい。

＋＋＋

その日の夜、わたしはベッドの中で昼間の出来事を思い返していた。

初めて、メディシーナ様に逆らって、きっぱりと拒否をした。

それによって叩かれそうになったけど、お父様がメディシーナ様を止めてくれた。

お父様はずっとわたしたちを守り、生活させていくために、悪いことだとわかっていながら、虚偽登録や不正の手伝いをしてきた。

処罰を言い渡されたとき、お父様は晴れ晴れとした顔をして、『魔力は封印されないようだから、【土魔法】スキルを使って、しっかり鉱山で働いて罪を償うよ』と言っていた。

わたし、ずっと思い違いをしていたみたい。

お父様は怖い人じゃなくて、とても優しい人だった。


いつか、お父様と顔を合わすす機会があったら、わたしを産んですぐに亡くなったお母様がどんな人だったのか聞いてみたい。

きっと、お母様の兄であるサージェント辺境伯家当主……わたしの養父様なら教えてくれるとは思うけど、お父様から見てどんな人だったのか知りたい。

そんなことを考えながら眠りに落ちた。

エピローグ

I'll Never Go Back to Bygone Days!

翌日はお休みをもらった。

部屋でのんびり過ごすといいよ、とグレン様から言われていたんだけど、そういうわけにもいかないみたい。

国の特別研究員になったことと、サージェント辺境伯の養女になったことが正式に公表されたので、朝からひっきりなしにお手紙とか使いの人が来ている。

ほとんどの人が一度でいいから顔を合わせたいということらしい。

こういうのってどうしたらいいんだろう？

わからなかったので、全部ジーナさんとマーサさんにお任せした。

ジーナさんは使いの人を追い返し、マーサさんは手早く手紙を分けてくれた。

二人がいてくれて本当に良かった。

途中でマーサさんの動きが止まった。

「チェルシー様、こちらの手紙は見ていただいたほうがいいです」

マーサさんがそう言って差し出してきたのは、サージェント辺境伯夫人……つまり、わたしの養母様からの手紙だった。

開けてみると、明日、王都を発つので、できれば今日一緒にお茶しましょう？　というもの。

顔合わせは済ませてあるけど、まだまともに話したことがなかった。

明日中に帰ってしまうのであれば、とうぶん会えないよね……。

「養母様とお茶したいです」

「では、準備をいたしましょう」

わたしのつぶやきにジーナさんが微笑みながら返事をくれた。


午後の三の鐘が鳴るころにサージェント辺境伯夫妻が泊まっている客間へとお邪魔した。

中に入ると養母様とマルクスお兄様が出迎えてくれた。

「お招きありがとうございます」

「ごめんなさいね。急に呼び出してしまって」

養母様が申し訳なさそうな笑みを浮かべながらそう言った。

「本当はね、夫がチェルシーちゃんに会いたいって言うから手紙を出したんだけど、急な呼び出しで行ってしまったの」

「母上、まずは座ってから話したほうが……」

「そうね！　おいしいお菓子があるのよ」

養母様はそう言うと、さっとわたしの手を取り、バルコニー近くの椅子に座るよう促した。

わたしが座る椅子には、クッションが置かれている。

テーブルの上には、ドライフルーツがたっぷり入ったパウンドケーキと紅茶が用意されていた。

養父母様が泊まっている部屋は王城の西側にある部屋のため、窓からは五階建ての王立研究所と精霊樹がよく見える。

「ふふ。あんなに大きな精霊樹にお目にかかれるなんて、滅多にないことなのよ」

わたしがお菓子よりも精霊樹を見つめていたかのように精霊樹がざざーっと揺れた。

養母様の声が聞こえていたかのように精霊樹がざざーっと揺れた。

子猫姿のエレが偉そうにふんぞり返っている姿がパッと思い浮かんだ。

「今日はね、チェルシーちゃんの普段の様子が知りたくて呼んだの」

「普段ですか？」

「研究所ではどういったことをしているの？」

養母様は目をキラキラとさせながらわたしに質問してくる。

「午前中は魔力の総量を増やすために、グレン様とお茶会をしています」

わたしは一日の流れを思い出しながら答えた。

すると養母様の動きが止まった。

そういえば、おいしい食事を摂（と）ることで魔力の総量が増えるという話は、最近わかったばかりの研究結果だから、知らないのかもしれない。

そのことを説明すると養母様は首を傾げた。

「おいしい食事が魔力の総量と関係があるなんて、驚きね。……それよりももっと驚きなのだけれど……グレン様とは王弟のグレンアーノルド殿下で間違いはなくって？」

「はい、つい先日まで知らなかったんですけど、国王陛下の弟のグレン様です」

わたしの言葉を聞くと養母様は大きく頷いて、そしてにこやかな笑みを浮かべた。

「それで、午後は何をしているの？」

「午後はグレン様とトリス様と三人でいろいろな種を生み出しています」

またしても養母様の動きが止まった。

「ちょ、ちょっと待ってちょうだい」

養母様は口元に手を当ててしばらく考えるような仕草をした。

「母上……チェルシーの言っているトリス様とは、あの三種類のスキルを持つフォリウム侯爵の令息、トリスターノ・フォリウム様で間違いありません」

マルクスお兄様の言葉を聞いた養母様は、目を見開いて驚いていた。

「トリス様って侯爵家の方だったんですか!?……知りませんでした」

わたしも同時に驚いた。

がんばるっす……っていう話し方で侯爵の令息だなんて、信じられないよ!?

「チェルシーちゃんはいろいろな方に囲まれているのね。では、種を生み出すとは？」

「それは、わたしのスキルが願った種子を生み出すというものなので、どういったものが生み出せるのか試しているんです。見知った種や図鑑に載っていた種を生み出すことができたので、幻の種も生み出せるんじゃないかって、精霊樹の……」

「ちょおっと、待ってちょうだい！」

さっきより大きな声で養母様に話を止められた。

首を傾げていると隣に座っているマルクスお兄様が冷や汗をかきながら、小さく首を横に振った。

もしかして、精霊樹のことはあまり人に話してはいけないものだった？

養母様はコホンと咳(せき)ばらいをすると、じっとわたしの顔を見つめた。

「……もしかして、あの大きくて立派な精霊樹は、チェルシーちゃんが……」

またしても窓の外に見える精霊樹がざざーっと揺れた。

「こ、これ以上は秘密です」

わたしが慌てて口元に人差し指を立ててそう言うと、養母様は何度もパチパチと瞬きを繰り返したあと、ふんわりと微笑んだ。

「その仕草、懐かしいわ。あなたの母ソフィアにそっくりよ」

養母様の言葉に、今度はわたしが何度もパチパチと瞬きを繰り返した。

「お母様ってどんな人だったんですか？」

わたしがそう尋ねると、養母様はう～んと唸（うな）った。

「私の口からはちょっと」

言えないような人!?

「ソフィアのことはあなたの祖父母から聞いたほうがいいと思うの」

「そうですか……」

わたしが残念そうに答えると、養母様はニヤッとした笑みを浮かべた。

「というわけで、一緒に辺境伯領へ行きましょう！」

「え？」

「そうと決まれば、マルクス！　手配してきなさい」

養母様がそう言うと、マルクスお兄様はやれやれといった態度をしつつ盛大にため息をついた。

「さすがに明日の出発には間に合わないって……。でも、話は通しておくよ」

「しかたないわね。きっと有能な息子がなんとかしてくれるから、チェルシーちゃんは楽しみにしておいてね」

「は、はい」

わたしは養母様の勢いに飲まれてそう返事をした。

＋＋＋

養父様と養母様は嵐のような勢いで、サージェント辺境伯領へと帰っていった。

サージェント辺境伯領は隣国と大陸の中央にある魔の森との境にあって、王都から普通の馬車だと十日ほどの距離にある。

魔の森は魔物の溢れる森として有名で、力のあるものは長期間離れるわけにはいかないそうだ。

「いつか行ってみたいなって思ってます」

魔力の総量を増やすためのお茶会でそう話すと、グレン様は優しく微笑んだ。

「たぶん……いや、間違いなく、近々行くことになるよ」

「え？　そうなんですか？」

「どうやら隣国から瘴気が流れているみたいなんだ。瘴気を祓うことができるのは精霊だけ。精霊が力を発揮するには契約者が同行しないといけない。そして、精霊と契約しているのは今のところ、チェルシーだけなんだ」

「なるほど……」

わたしは精霊のエレとの契約の証である親指の爪を見つめながら、頷いた。

「魔の森が近いから、そんな場所にチェルシーを連れて行きたくはないんだけどね」

グレン様は飲み干したティーカップをテーブルに置きながら、渋い顔をした。

「わたしが行くことでエレが瘴気を祓ってくれるのなら、喜んで行きます。それに、サージェント辺境伯領はわたしの第二の家になるので……！」

わたしがきっぱりとそう告げるとグレン様は一瞬驚いたような顔をした。

そして、すぐに天使様のようないつもの優しい微笑みを浮かべた。

「チェルシーはすごく変わったね」

「そうですか？」

少しは変わったという自覚があるけど、すごくと言われるほど変わったかな？

首を傾げていると力強く頷かれた。

「初めてチェルシーを見かけたのは、ユーチャリス男爵家の庭だった」

家にいたころは、言われたことをこなさないとすぐにムチで打たれるので必死だった。

「敷地に入る前に庭を覗いてみたら、小さな女の子が一生懸命、草刈りをしていたんだ。ガリガリに痩せていて、服もボロボロ、髪の長さも不揃い。どう考えても、虐待されていると思ったよ」

「え!?」

マーガレット様のスキルを鑑定したあとの話だと思っていたら、そうではなかった。

「あの日は、行くはずだった鑑定士が体調を崩してね、代わりに俺が行くことになったんだけど、正直、良かったと思っている」

グレン様は立ち上がると、私の隣の椅子へと移動してきた。

「いざチェルシーを鑑定するとなったときも、ずっと怯えていたね」

あの時は、低木の陰に隠れていると、グレン様に出ておいでと声を掛けられた。

でも、メディシーナ様から『あなたのような出来損ないは、お客様のお目汚しになるから、決して見られてはいけない』と言われていたし、見られた場合、普段よりもきつくて恐ろしいムチ打ちが待っていることを知っていたから、出られなかった。

そうだ。わたしはずっと怯えていたんだ。

「そんなチェルシーは、王立研究所では怯えなくていいと知ったね」

「はい。メディシーナ様だったら必ずムチで打ってくるという場面でも、誰も怒らないし叩かれもしないので驚きました」

トリス様の前で深々と頭を下げたら、貴族の令嬢はそういったことはしてはいけないと注意をされただけで叩かれなかった。

夜明け前に起きて掃除をしようとしたら、マーサさんから心配されて早く眠るよう言われた。

専属メイドは主人よりも早起きしなきゃいけないから、わたしの行動はとても困ることだったはずなのに怒られなかった。

「それから思ったことを口にするようになったね」

グレン様は普段よりももっとずっと優しい笑みを浮かべている。

いつからかは覚えていないけど、無言で頷くだけではなく、きちんと言葉で返すようになった。

わたしが言葉を発しても誰も怒ったりしなかった。

それどころか……みんなしっかり話を聞いてくれて、時には笑ってくれた。

「表情も豊かになって、嬉しいとき楽しいときに笑えるようになったね」

グレン様はそう言うとわたしの頭をぽんぽんと優しく撫でてくれた。

家では笑うことも禁止されていた……。

今ならわかる。

あの家でしつけと称して教わったことは、とても歪んでいて、間違っている……と。

「たしかにわたしは……思っていた以上に変わったみたいです」

グレン様に向かって頷くと、わたしは優しく微笑んだ。

慣れていないから、ぎこちないかもしれないけど、グレン様みたいに笑えていたらいいな。

そう思っていたら、グレン様の動きがピタッと止まって、片手で顔を覆った。

ちらりと見える耳が赤いような気がする。

「わたしが変わることができたのは、グレン様やトリス様、マルクスお兄様、ジーナさんやマーサさん、メイドのみなさん……いろいろな人が優しくしてくれたから、大事にしてくれたからです。

ありがとうございます」

そう言うと精霊樹がキラッと光って子猫姿のエレが研究室へと現れた。

『我の存在を忘れているのではないか?』

耳を後ろに反らせて、ちょっと拗ねた様子の子猫姿のエレがわたしの足元までやってきた。

「忘れていないよ。エレはわたしの癒しだよ」

わたしは椅子から降りて子猫姿のエレを抱き上げるとソファーへと移動した。

「……あの笑顔は不意打ちすぎるだろ……」

グレン様が何かつぶやくと、壁際に立っているマーサさんがコクコクと頷いた。

「どうかしましたか？」

わたしが首を傾げて聞き返せば、グレン様は咳ばらいをしたあと、片手で顔を隠しつつ言った。

「いや、チェルシーは謙虚だなって話だよ」

そして、いつものようにグレン様はソファーの隣に腰掛ける。

「わたし、これからも変わっていくと思います」

膝の上に乗せた子猫姿のエレを撫でる。柔らかくてふわふわの毛並みは触り心地がいい。

「……俺はそれをずっと見ていることにするよ」

「ありがとうございます。見ていてくださいね」

わたしはそう言うとグレン様と一緒になって優しく微笑んだ。

番外編

I'll Never Go Back to Bygone Days! Extra Edition

1. 宿泊体験

Extra Edition

養父様と養母様がサージェント辺境伯領へと帰って、しばらく経ってからのこと。

わたしはグレン様と一緒に、王都から馬車で半日のところにあるザンカルトという温泉地へ二泊三日の旅行をすることになった。

近々、エレと一緒にサージェント辺境伯領へ行く可能性があると、お茶会の席でグレン様がおっしゃっていた。

サージェント辺境伯領までは、馬車で十日ほどかかるので、護衛の騎士たちと一緒にあちこちの町へ立ち寄り、宿に泊まることになるそうだ。

わたしは馬車に乗ったことはあるけど、宿に泊まったことはない。

マナーがあるなら、知っておくべきだろうと思い、グレン様に相談してみたところ……。

『それならば長旅の前に、一度宿泊体験をしておこうか』

という話になり、気がついたら旅行をすることになっていた。

＋＋＋

「本当はすごく行きたかったっす。でも、畑の世話は他の誰にも任せられないっす……」

「お土産を買ってくるよ」

見送りに来てくれたトリス様がつぶやくと、グレン様がそう答えていた。

お土産って、アクロイド侯爵様がマーガレット様に渡していたアクセサリーのことのはず。

「グレン様がトリス様にアクセサリーを買うのですか？」

不思議に思ってそう聞くと、二人は顔を見合わせて驚いた顔をした。

「チェルシーが言っているのは、家に訪れるときに持っていく手土産のほうだろうね。今回トリスに渡すお土産というのは、旅行先で買ったその土地にちなんだ物を贈るっていう意味なんだよ」

わたしはグレン様の言葉に納得して、コクリと頷（うなず）いた。

「お土産はチェルシー嬢に選んでほしいっす」

「え？」

「そうだね、それも経験のひとつになるね」

「楽しみにしてるっす！」

驚いている間に、わたしがお土産を選ぶことになってしまった。

「初めてのことで自信がないけど、がんばります」

そう答えると、トリス様はいつものにぱっとした笑みを浮かべた。

『我はまだ、精霊樹から離れられぬ。どんなことがあろうとも、チェルシー様をお守りするように』

子猫姿のエレがグレン様の足元でにゃあにゃあと鳴いていた。

グレン様は口元に手を当てながら頷いていたけど、子猫姿のエレの言葉がわかるのかな？

不思議に思っていたら、グレン様に声を掛けられた。

「そろそろ出発しようか」

「はい。では、トリス様、エレ、行ってきます」

わたしはそう挨拶をすると馬車に乗り込み、王立研究所を出発した。


今回、一緒に旅行をするのは、グレン様とわたし、ジーナさんとマーサさん、グレン様の従者兼御者が二人に護衛の騎士が四人の合計十人。護衛の騎士のうち二人は女の人だったりする。

「どうして護衛の騎士に女の人がいるんですか？」

王立研究所の宿舎で見かける護衛の騎士たちは、今のところ男の人しかいない。

不思議に思って、馬車の中でグレン様に尋ねると、いつものように優しく微笑(ほほえ)んだ。

「女性しか入れない場所もあるからね」

グレン様はそう答えると、わたしの頭をぽんぽんと撫(な)でた。

『女性しか入れない場所』と護衛の騎士がどうつながるのかわからなくて、ザンカルトにつくまでの間、ずっと考えつづけていた。

結局、答えはわからなかった。

＋＋＋

休憩を何度か挟んで、日がてっぺんから少し傾きかけたころ、ザンカルトの町についた。

「ここはモグリッジ伯爵領の端に位置するんだ。すぐそばの山で温泉が湧いてね、それを町まで引いているそうだ」

心なしかグレン様の声が楽しそうに聞こえる。

小窓から外を覗(のぞ)いてみると、あちこちから白い煙が立ち上っていた。

「あの煙はたき火ですか？」

ユーチャリス男爵家の屋敷にいたころは、毎年秋になると庭師のおじいさんが庭中の枯葉を集めて、たき火をしていた。

その時の煙にそっくりだったのでそう聞いてみると、グレン様は一瞬不思議そうな顔をしたあと、優しく微笑んだ。

「あれは、温泉から立ち上る湯気だよ」

「湯気……」

お湯を沸かしたときに白っぽい湯気が立つのを見たことがある。

それと同じものがあちこちでたくさん立ち上っているなんて！

不思議な光景に見入ってしまった。


町の中心部に立つ、少し古い屋敷の前で馬車は止まった。

ユーチャリス男爵家の屋敷よりも大きくて、とても豪華に見える。

馬車を降りると、護衛の騎士の一人が建物の入り口で身なりの良い男の人と話をし始めた。

「ようこそ、いらっしゃいませ」

「十名で予約している者だが……」

「はい、ご予約いただいております。中の受付でカギをお受け取りください。馬車と馬は、建物の隣にある厩舎（きゅうしゃ）までお運びいたします」

男の人がそう説明してくれたことで気がついた。

この建物が宿なんだ！

入り口は王立研究所の宿舎のように、両開きの扉がついていて、入ってすぐのところにカウンターがあり、そこにはとてもきれいな女の人が立っている。

王立研究所と同じで、そこが受付なのだろう。

わたしが宿の様子を窺(うかが)っている間に、荷物がどんどん宿の中へと運ばれていく。

最後に宿の男の人たちが馬車と護衛の騎士たちが乗っていた馬を連れて行った。

グレン様にそっと背中を押されながら宿へ入ると、またも護衛の騎士の一人が受付に立つきれいなお姉さんと話していた。

「当館をご利用いただき、ありがとうございます。ご予約内容は十名様で、二人部屋が三つ、四人部屋が二つの合計五部屋ですね。すべて、三階にございます。三階は他のお客様の利用はございません。お食事は一階の食堂でお願いしております。何か問題がございましたら、すぐにお申し付けくださいませ。カギはこちらでございます」

護衛の騎士がカギを受け取ると、わたしたちは三階の部屋へと移動した。

一番奥がわたしとジーナさんとマーサさんの部屋で、その隣がグレン様の部屋だそうだ。

「ジーナさんとマーサさんと同じ部屋なんですね」

部屋に入ってすぐそうつぶやくと、ジーナさんとマーサさんが申し訳なさそうな表情をした。

「安全を考えて、一緒のお部屋となっております。もしもお嫌でしたら、別の部屋へ私たちだけ移動することも可能でございます」

その言葉を聞いて、わたしはぶんぶんと首を横に振った。

「ぜんぜんまったく嫌ではないです。むしろ、幼いころからずっと一人部屋だったのですごく嬉(うれ)しいです！」

わたしの言葉を聞いた二人は、憐(あわ)れむような表情になった。

「私もチェルシー様と同じ部屋で嬉しく思います」

ジーナさんはそう言うと一瞬、迷うような仕草をしたあと、わたしをぎゅっと抱きしめた。

「本来であれば、こういったことはしてはいけないのですが……」

「ジーナ、ずるい！　私も……失礼します！」

マーサさんはそう言うと後ろからわたしを抱きしめた。

わたしが二人に挟まれて、頬を緩ませていると、ノックの音がした。

ジーナさんとマーサさんは、わたしのことを離さずに守るような姿勢になり、扉へ視線を向ける。

「どうぞ」

そう声を掛けると、グレン様が扉の隙間から顔を覗かせた。

そして何度もパチパチと瞬きを繰り返している。

「散策に行かないか、と声を掛けにきたんだけど……」

グレン様の声は普段と違って、戸惑ったようなものになっている。

わたしが二人に抱きしめられているので、きっと驚いたんだろう。

なんだか楽しい気分になりつつも、両隣にいるジーナさんとマーサさんに視線を向けると、二人

はふんわりと笑い、さっと離れていつもと同じメイドらしい姿勢になった。

「私たちは荷解きのため、留守番しますので、チェルシー様は殿下と楽しんできてくださいね」

マーサさんはにっこり笑うとわたしの背中を押した。

廊下に出るとグレン様はなんとも言えないような顔をしていたけど、すぐにいつもの優しい微笑みを浮かべて、わたしの頭をぽんぽんと撫でてくれた。

「では行こうか」

「はい」

階段を下りると、受付のお姉さんと目が合った。

「お出かけでございますか？」

「ああ、町を散策してくる。夕食前には戻るよ」

「かしこまりました。お気をつけて行ってらっしゃいませ」

受付のお姉さんはにっこりと微笑み、軽く頭を下げた。

宿を出ると、グレン様が立ち止まった。

「事前に宿へ戻る時間を伝えておくと、万が一戻らなかったときに捜してくれるんだ。チェルシーの場合、町を歩いている最中に連れ去られる可能性もあるから、必ず伝えるようにね」

「は、はい」

護衛の騎士たちも一緒にいるので、連れ去られるなんて考えてもいなかった……。

「それから、人が多くてはぐれるかもしれないから、手を繋いでおこう」

グレン様はそう言うと、左手を差し出してきた。

わたしはそっと、その手に右手を乗せた。

グレン様はわたしの手を優しく握ると、普段よりも楽しそうな表情で歩き出した。

もしかしたら、グレン様もこの旅行を楽しみにしていたのかもしれない。

そう思うとなんだか頬が緩んだ。

＋＋＋

山の麓にある宿から少し歩くと人が溢れる道へと出た。

「すごい賑わいですね」

そうつぶやくと、グレン様は頷いた。

「ここは歩行者専用の道だから、特に混むんだ」

「グレン様は以前、こちらにいらしたことがあるんですか？」

宿を出てから、グレン様はずっと迷いなく進んでいる。

わたしは首を傾げながらそう聞くと、グレン様はまたも頷いた。

「俺がまだ、チェルシーぐらいのときに一度だけね。この先は、食べ物屋が並んでいるから、何か食べようか」

「はい」

グレン様に手を引かれて歩いていくと、『温泉肉まん』という看板が目に入った。

お店の前には、石で囲われた丸い井戸のようなものがあって、その上に木で出来た四角くて大きな箱が載せられている。箱の上には木で出来たフタがしてあって、隙間から真っ白な湯気がもくもくと立ち上っていた。

「はい、いらっしゃい！　温泉肉まんはいかがですか～？　温泉の湯気を使って蒸してますよ！」

わたしが不思議そうに見ていたからか、箱のそばに立っていたお店のおじさんが、少しだけフタをずらして、中身を見せてくれた。

中には手のひらより大きい白くて丸い塊があった。

「ひとつもらおう」

グレン様はそう言うと、お金を渡して温泉肉まんを受け取り、半分に割って渡してきた。

あつあつの温泉肉まんの中身はハンバーグのようなものが入っていた。

「残してかまわないから、そのまま、食べていいよ」

グレン様はそう言うと何度かふーふーと息を吹きかけたあと、温泉肉まんにかぶりついた。

ここでは貴族のマナーは使わなくていいのかな？

疑問に思いつつも、グレン様と同じように湯気の立つ温泉肉まんにかぶりつく。

外側の白い部分はパンよりももちもちしていて柔らかく、中の具からはじゅわっとお肉の味が染み出してきて、すごくおいしい！

渡された分の半分を食べたところでお腹がいっぱいになった。

「前よりも食べられる量、増えたね」

グレン様はそう言うと、わたしが残した温泉肉まんをパクッと口に放り込んだ。


さらに歩くと『温泉プリン』という看板があった。

温泉って名前についているけど、もしかして、わたしの好物のプリン……？

お菓子の中で一番大好きなプリンが温泉地にもあるなんて！

驚いていると、グレン様が優しく微笑んだ。

「食べるかい？」

さきほど温泉肉まんを食べたばかりなので、入りそうもない……。

わたしはしょんぼりした気持ちのまま、首を横に振った。

「明日、また来ようね」

グレン様はそう言うとわたしの頭をぽんぽんと撫でてくれた。

「……はい」

それから、他にも温泉という名前のついた食べ物や、温泉とは関係なさそうな木彫りの人形、変わった形の石など、いろいろなものを見て回り、宿へ戻った。

＋＋＋

夕ごはんの前に温泉に入っておこうという話になり、わたしはジーナさんとマーサさん、それから女性護衛騎士たちと一緒に、宿の裏手にある建物へと向かった。

建物の中へ入ると椅子の並んだ休憩するところがあり、その奥に男女別々の入り口があった。

女性専用と書かれた左側の扉から中へと入る。

わたしとジーナさんとマーサさんは服を脱ぎ、洗い場へと向かう。

護衛騎士の一人がわたしたちの荷物の見張り番をするらしい。

洗い場でひととおり体を洗ったあと、温泉へと浸かる。

温泉はほんのり緑色でぬるっとした感覚があり、とても不思議だった。

もう一人の護衛騎士は、騎士服を着たまま温泉の近くに立っていた。

そうか……温泉は男女に分かれていて、女の人しか入れない場所もある。だから、護衛の騎士に女の人が含まれているんだ！

行きの馬車の中でわからなかったグレン様の言葉がようやく理解できた。

「場所によっては、宿にお風呂がないところもございます。その場合、桶にお湯をもらい、タオルを使って顔や体を拭うことがございます」

ジーナさんは温泉の湯船に浸かりながら、そう説明してくれた。


温泉を出ると宿の一階にある食堂で夕ごはんを食べる。

少ししか食べられないことを宿の人に伝えておいてもらったんだけど、それでもテーブルの上にはたくさんの料理が並べられていた。

真っ先に従者たちとジーナさんとマーサさんが料理に手を付けて、何事もないとわかってからわたしとグレン様が食べ始めた。

あとで聞いたら、毒見だそうだ。

驚いていたら、グレン様が鑑定しているから大丈夫だと言った。

旅行ではそういうことも気をつけなくてはいけない。

王立研究所の宿舎では、事前に下級の鑑定士が確認しているから、基本的に大丈夫なんだってことも、そこで初めて知った。

夕食は温泉肉まんを食べたのもあって、ほとんど入らなかった。

でも、デザートとして温泉プリンがついていたので、それだけはなんとか食べた。

普段食べているプリンと違って、少しかためだったけど、これはこれでおいしい……！

食べ終わったあとは、グレン様の部屋に集合して明日の予定を話し合った。

明日は、みんなで朝市を見て回ったあと、近くにある湖へ向かうそうだ。

その湖は七色に輝くと言われているらしい。

とても楽しみ！

その日はぐっすりと眠った。

＋＋＋

翌日、起きてすぐ朝ごはんは食べずに朝市へと向かう。

道の端に木箱が積まれていて、その上にいろいろな商品が置かれている。

見たこともない野菜、いい香りのする果物、たくさん連なったソーセージ……。

そういった商品の合間に、肉串や果実ジュース、焼き菓子の屋台が並んでいた。

キョロキョロしていたら、グレン様がわたしの手を掴んだ。

「はぐれてしまいそうだから、繋いでおくよ」

「はい。ありがとうございます」

グレン様の手は温かくて、なんだかとても安心する。

途中で見かけたサンドイッチを買うと、そのまま湖へと移動することになった。

湖のそばで、サンドイッチを食べる。

ふんわりとした甘い玉子に思わず目を見開いた。

食べ終わると、湖の周りを散策。

湖の色は空の青色がうつっていて、七色には見えなかった。

「たぶん、夕方になれば夕焼けの色がうつって赤く見えるかもしれないね」

グレン様はそう言って優しく微笑んでくれた。

そのときだった。

少し離れた山からどーんという音が聞こえた。

山の中腹あたりの木がなくなっているように見える。

「さすがにこの距離では鑑定できないな……。確認のために町へ戻ろう」

グレン様の言葉にみんな頷き、すぐに町へと戻った。


町の入り口では、警備兵が気にした様子もなく立っていた。

「さきほどの音は何だったんだ？」

グレン様が警備兵に尋ねた。

「このあたりではときどき、小規模な山崩れが起こるんですよ」

山崩れというのは、雨が一度にたくさん降ったり、長く降りつづいたりすると起こることだと、庭師のおじいさんは言っていた。

「最近、長雨や豪雨はなかったと思うが？」

「ここの山崩れは雨が原因じゃないんですよ。キクイムシっていう虫のせいだって調査団が言ってましたよ。まあ、いつものことなんで大丈夫です」

警備兵はそう言うとにっこりと笑った。

グレン様はしばらく山のほうを見つめながら何か考えているようだった。

「少し気になることがあるから、町役場へ行ってくるよ。チェルシーはメイドたちと宿で待っていてくれ」

宿の前に到着すると、グレン様はわたしにそう言い、護衛の騎士たちを連れて道を引き返した。

「チェルシー様、お部屋へ戻りましょう」

わたしはジーナさんの言葉に頷き、部屋に戻る。

何か悪いことが起こっているのかもしれない。

そう思ったけど、口に出したら本当に悪いことが起きそうで、何も言えなかった。

＋＋＋

グレン様は夕暮れとともに宿へと戻ってきた。

ブーツには泥がたくさんついているし、なんだか疲れた顔をしている。

昨日の夜と同じようにグレン様の部屋に集まって、話を伺うことになった。

「町役場でここの領主のモグリッジ伯爵が派遣したという調査団の結果を確認してきた。警備兵の言うとおりキクイムシが原因と記されていたよ」

グレン様はそう話すと、どこからか昆虫図鑑を取り出して、キクイムシのページを開いた。

昆虫図鑑には、キクイムシは木の根を食べると書かれている。

大きさはわたしの親指の爪よりも小さい。

「だが、ここに書いてあるとおり、キクイムシはそれほど大きな虫ではない。山崩れが起きるほど大量発生したという報告も受けていない。安全だという判断でここへ来たんだけどね……」

グレン様は王弟なので、各地からの報告を耳にする立場にある。

それなのに知らされていないということは……。

「調査が不十分……ということでしょうか？」

わたしがそう尋ねると、グレン様は強く頷いた。

「その可能性が非常に高いから、騎士たちとともに山崩れの現場を確認してきた」

だから、ブーツに泥がついていたんだ。

「鑑定の結果、キクイムシではなく、ネクイネズミという木の根を食べる魔物が原因だった」

「魔物……!?」

わたしは驚いて何度も瞬きを繰り返した。

魔物というのは人を襲う恐ろしい生き物だと庭師のおじいさんが言っていた。

実際に見たわけではないけど、こんな身近な場所に現れるなんて……。

「その場にいたネクイネズミはすべて倒してきた。これでもう山崩れは起きないはずだ」

ほっとしていると、グレン様がわたしに微笑んだ。

「今日は楽しめなかったから、宿泊期間を一日延ばそうかと思うんだけど、どうかな?」

「いいんですか? すごく嬉しいです」

山崩れのせいで楽しめなかったのは確かなので、わたしは素直に喜んだ。

そのあとは昨日と同じように、ジーナさんとマーサさんの三人で温泉に入り、みんなと夕ごはんを食べて、ぐっすり眠った。

幕間 グレン

Extra Edition : Interlude

明け方、異変を感じて目が覚めた。

空気が震えるようなその感覚は、大型の魔物と対峙したことがある者ならばわかるだろう。

すぐに着替えて、ベッドの脇に置いてあった剣を腰に差した。

カーテンの隙間から外を見れば、曙色の空に異変の正体が飛んでいた。

目を凝らして、【鑑定】スキルを発動させる。

『グリフィン（特殊個体）』

距離的に読み取れたのは、名前だけだった。

空と同じ色をした変わったグリフィンは徐々に高度を落としながら、だんだんと源泉の湧き出る山へと向かっていく。

そこはネクイネズミによって木の根を食べつくされ、木々がなぎ倒されたことにより山崩れが起こり、結果として山肌の見える開けた場所となっていた。

俺は宿の廊下へ出ると、見張りとして立っていた護衛の騎士二人に告げた。

「現地にいる騎士たちを集めてくれ。宿にいる女性騎士は引き続き、チェルシーを守るように」

俺の部屋の前に立っていた騎士は頷くとすぐに宿の外へと駆け出す。

チェルシーの部屋の前に立っていた女性騎士は片腕を胸の前に上げ、騎士らしく頭を下げた。


宿の外へ出ると、あちこちから変装した騎士が現れた。

実は今回の旅行には、多数の騎士が密かに同行している。

チェルシーは国の特別研究員であり、精霊王エレの契約者でもある。

国にとって重要人物であるので、万が一に備えて密かに多数の騎士を同行させていた。

これだけの人数ならば、町に被害を出さずに済むだろう。

俺は変装した騎士たちに視線を向けた。

「グリフィンの特殊個体が現れた。行き先は山崩れの起こった場所。ただちに討伐へ向かう」

そう告げると、その場にいた騎士たちは強く頷いた。

俺は騎士たちを引き連れて、源泉の湧き出る山へと向かう。

昨日通った道なので、迷うことなく進んでいく。

山道を通り、山崩れの起こった場所の周囲の森に騎士たちとともに潜んだ。

しばらくすると山頂の上空を旋回していたグリフィンがゆっくりと降り立った。

その大きさは、前世で言うところのトレーラー並みだ。

近距離になったので、再度グリフィンを鑑定した。

『グリフィン（特殊個体）：鷲の上半身と翼、ライオンの下半身を持つ魔物。下位の魔物を使役する能力と全身の色を変える能力を持つ特殊個体。寒さに弱い』

グリフィンはこちらの存在に気づいているようで、威嚇のような声を上げている。

俺にはそれが、『私のネクイネズミたちを殺したのはお前たちか！』と聞こえた。

転生者である俺は、あらゆる言語を理解することができる。

それには魔物の声も含まれている。

今の発言と鑑定結果により、ネクイネズミを放ち、木の根を食わせ、山崩れを起こさせたのは、このグリフィンだということがわかった。

周囲の騎士たちに目配せしたあと、俺は片手を高く上げ叫んだ。

「弱点は寒さだ！　やれ！」

それを合図にして騎士たちはグリフィンに攻撃を仕掛けていく。

ある者は【土魔法】でゴーレムを生み出し、またある者は弓を構える。

どうやら騎士たちの中に、【氷魔法】スキルを扱える者はいなかったようだ。

グリフィンは足や翼を使って、矢を振り払い、ゴーレムをいなしていく。

そこへ自ら剣を持ち突撃する騎士が同時に複数現れる。

避けきれずにグリフィンは体が傷つくと、大きな鳴き声を上げた。

『新たな住処に邪魔者はいらぬ！　消え失せろ！』

グリフィンはそう叫ぶと同時に、翼を大きく広げて、体勢を立て直すために飛び立とうとした。

「……させるわけがないだろう……《結界（バリア）》」

俺はそうつぶやくと、スキルとは別系統の魔術を使った。

《結界（バリア）》は想像した範囲内をありとあらゆる攻撃から守る魔術で、守られているものは《結界（バリア）》から出られない。

それをこのあたり一帯にかけた。想像した範囲は、横に広く、高さは低いというもの。

グリフィンは飛び上がった瞬間、見えない壁にぶつかり、地に落ちた。

そこへ騎士たちが次々と斬りかかっていく。

「……《氷結（フリーズ）》」

切り傷からしたたる血から体内を凍らせるよう魔術を使った。

さすがに巨体に対して使ったため、魔力の消費が激しく、一瞬めまいを起こしかけた。

グリフィンはその場で暴れていたが、次第に動きが鈍くなり、突然止まった。

俺は【鑑定】スキルを発動させる。

「死亡を確認した」

結果を告げると、騎士たちから喜びの声が上がった。

2. ど一安心

Extra Edition

翌朝、けたたましい鳥の鳴き声で目が覚めた。

昨日までは、こんなに大きな鳴き声は聞こえなかった。

さらに外が騒がしい気がする。

どうしたんだろう?

不思議に思いつつ起き上がると、ジーナさんとマーサさんが暗い顔をしていた。

「おはようございます。何かありましたか?」

「……魔物が現れたようです」

マーサさんの言葉に口を開けて驚いた。

たしか昨日、グレン様がネクイネズミという魔物を倒したと言っていた。

それと関係があるのかもしれない。

わたしが驚いている間に、ジーナさんとマーサさんによってわたしの身支度が整った。

「落ち着いて聞いてください」

ジーナさんはそう前置きすると、現在の状況を簡単に教えてくれた。

明け方に大型の鳥の頭と翼を持つ魔物が現れて、源泉のある山の中腹に降り立ったらしい。

そこへグレン様率いる騎士たちが向かっているとのこと。

「グレン様は……無事でしょうか？」

ジーナさんは口を何度もパクパクさせたあと、黙った。

すると、扉の前に立っていた女性護衛騎士が口を開いた。

「殿下はとてもお強いので、必ず無事に戻ってきます」

今はその言葉を信じるしかないと思って、コクリと頷（うなず）いた。


そのあと、一階の食堂へ移動して朝ごはんを食べることになった。

なぜか食堂には、わたしたち以外のお客さんがいなかった。

とても裕福そうな商人のおじさんばかりだったので、魔物が現れたと聞いて、すぐに別の町へと移ったのかもしれない。

椅子に座るとテーブルに、柔らかそうなパンやグリーンスープ、スクランブルエッグやベーコンといった朝ごはんが並んだ。

とてもおいしそうな朝ごはんなのに、なぜか食べたいという気持ちがわかない……。

結局、何ひとつ食べることができなかった。

部屋に戻り、備え付けのソファーに腰を掛ける。

今ごろ、グレン様は魔物と戦っているに違いない。

グレン様は【鑑定】や【治癒】といったスキルを持っているので、そう簡単にケガするなんてことはないはず。

護衛の騎士もグレン様は強いと言っていたから、きっと大丈夫……。

でも、とても強い魔物だったら、どうなるかわからない。

そう考えると一気に不安が押し寄せてきた。

わたしにできることはないのかな？

「こういうときは何をすればいいのでしょうか？」

そう尋ねると、ジーナさんは困った表情を浮かべた。

「申し訳ございません。私自身、こういった経験は乏しく……。祈ることしか思いつきません」

ごはんの前の祈りは、『食事を与えてくださり、ありがとうございます。おいしくいただきます』という気持ちを込めて、大地の神様に対して行うものだと、庭師のおじいさんから教えられていた。

「グレン様の無事も大地の神様に祈っていいのでしょうか？」

「チェルシー様が祈りたいと思う神様に祈るのがいいと思います」

マーサさんはそう言うと微笑(ほほえ)んだ。

わたしはすぐにその場で、ごはんの前と同じように大地の神様にグレン様の無事を祈った。

しばらくの間祈りを捧げていたら、急に外が騒がしくなった。

マーサさんがカーテンの隙間から窓の外を覗くと嬉しそうな表情でこちらを向いた。

「殿下がお戻りになられたようです！」

わたしはいても立ってもいられずに、部屋を飛び出した。

階段を下り、一階にたどり着くと、グレン様と護衛の騎士、それから宿のお客さんの商人のおじさんたちが立っていた。

服が破れていたり、靴に泥がついていたりはするけど、大きなケガをしている人はいないようだ。

ほっとした途端、かくんっと力が抜けて、その場に座り込んでしまった。

「え？……あれ？」

驚いていたら、グレン様が慌てて近づいてきた。

「チェルシー、大丈夫かい？」

「は、はい……」

差し出された手をぎゅっと摑むことはできたけど、足に力が入らなくて立てない……。

するとグレン様はわたしを抱きかかえた。

「気が抜けたってところかな。ひとまず、部屋まで送るよ」

「ごめんなさい。ありがとうございます……」

申し訳ない気持ちでいっぱいになりながらそう言うと、グレン様はいつもの天使様のような優しい微笑みを浮かべた。

本当に無事でよかった。この優しい微笑みが戻ってきてくれてよかった。

そう思ったら、自然と言葉がこぼれていた。

「おかえりなさい」

グレン様は一瞬、きょとんとした表情をしたあと、さきほどとは違って、とても嬉しそうな笑みを浮かべた。

「ただいま、チェルシー」

＋＋＋

その日のお昼は宿の食堂で祝勝会を開くことになった。

その場にいる全員がグラスを持つと、向かいに座るグレン様が立ち上がった。

「みなのおかげで無事討伐することができた。今後も期待している！」

その言葉でその場にいた人たちはわっと騒ぎ出し、テーブルにある分厚いステーキを食べ始めた。

どうやら宿に泊まっていた商人のおじさんたちもグレン様と一緒に魔物と戦っていたらしい。

「勝利の酒は最高だぜ！」

「グリフィンの肉は臭みがなくて、ホントうまいなぁ」

「最高級食材が食べ放題とは、たまらねえ！」

護衛の騎士たちと商人のおじさんたちから、そんな声が聞こえてきた。

「今回現れたのは、グリフィンという魔物で、最高級の食材として有名なんだ」

グレン様はそう言うと目の前にあるグリフィンのステーキを頬張った。

「実は初めて食べたんだけど、これはすごい……。チェルシーも食べてみるといいよ」

わたしは言われるがまま、一口サイズに切ったステーキを口に運んだ。

「……ん!?」

普通のお肉と違って、口の中に入れるとうまみが広がり、しゅわっと溶けて消える。

おいしいだけでなく、不思議なお肉だった。


祝勝会を終えて、部屋に戻るとグレン様がついてきた。

「チェルシーにお願いがあるんだ」

備え付けのソファーに向かい合って座ると、グレン様がそう話を切り出した。

「実は今回倒したグリフィンは特殊個体だったようで、ネクイネズミを使役して、山に住処（すみか）を作らせていたんだ」

ネクイネズミは木の根を食べる。それによって山崩れが起こって、山の一部は開けた場所になる。

そこにグリフィンが住もうとしていたなんて……！

わたしは驚いて何度も瞬きを繰り返した。

「山崩れのあった場所をそのままにしておけば、第二、第三のグリフィンが現れかねないんだ」

住処として作らせていたのなら、その可能性もある。

「そこで、チェルシーに樹木の種を生み出してもらいたい」

「わたしが生み出した種を植えて、山を元通りの木で覆われた状態にするんですね」

グレン様はわたしの言葉に強く頷いた。

「できるかぎり早く元通りにするには、チェルシーにお願いするのが一番だと思ってね」

「任せてください」

今度はわたしがグレン様の言葉に力強く頷いた。


そこからはどういった植物を生み出すかについて話し合った。

グレン様はいつものようにどこからか植物図鑑を取り出して、樹木のページを開く。

その中で山に植えても問題のない樹木を選ぶ。

もともと存在する植物で成長が少し早いものならば、想像しやすいので、簡単に生み出すことができる。

「じゃ、頼むよ」

「はい。少し成長の早いシラカシを生み出します――【種子生成】」

わたしがそうつぶやくと、テーブルの上にころんと、シラカシの種……どんぐりが転がった。

そのあとも何度もどんぐりを生み出していると、グレン様に止められた。

「そろそろ魔力切れを起こしてしまうよ」

気づいたらテーブルの上にはたくさんのどんぐりがあった。

わたしにもできることがあるんだと思って、調子に乗ってしまったらしい……。

「これだけあれば、十分だよ。ありがとう」

グレン様はそう言うと立ち上がり、わたしの頭をぽんぽんと撫(な)でた。

マーサさんが布の袋を持ち出して、どんぐりを詰めていく。

「もう一度、山へ行ってくるよ」

グレン様はそう言うとどんぐりの詰まった袋を持ち上げた。

「……わたしも行ってみたい」

ぽつりと言ったのに、グレン様にはしっかり聞こえていたらしい。

グレン様は一瞬驚いた顔をしていたけど、すぐにいつもと同じ優しい微笑みを浮かべた。

「それなら、湖を見に行ったときみたいに、みんなで行こうか」

「ありがとうございます！」

まさか行けると思っていなかったので、すごく嬉しかった。

山道は思っていた以上に、わたしにとっては険しかった……。

一緒についてきていたメイドのジーナさんとマーサさんは、汗ひとつかいていないし、平然とした顔をしている。

なので、普通の人には険しい道ではないのだと思う。

荒い息をつきながら歩いていたため、何度もグレン様や護衛の騎士たちに抱えられそうになったけど、断りつづけた。

時間はかかったけど、なんとか山崩れの場所まで登り切った。

これからのことを考えて、体力をつけなきゃ……！


ネクイネズミによって山崩れが起きた場所は、木が生えていただろう場所にぽっかりと穴が空き、幹は山の麓のほうへと転がっていた。

名前のとおり、木の根だけを食べるんだ……。

「この穴にどんぐりをひとつずつ投げ込めば、ちょうどいいだろう」

グレン様はそう言うと全員にどんぐりを手渡した。

そして、端から順にぽいっとどんぐりを投げ込んでいく。

わたしも真似をして、近くの穴に投げ込んだ。

しばらくすると、穴から木の幹がにょきにょきと伸び始めた。

護衛の騎士たちもジーナさんもマーサさんも目を見開いて驚いている。

わたしとグレン様は顔を見合わせて笑った。

「ここで見たことは他言無用だよ」

グレン様はその場にいた者たちにそう告げた。

みんな目を見開いて驚きながら、強く頷いている。

わたしのスキルはまだ調査や研究が終わっていないので、他の人にはナイショなのだろう。

どんどん育っていくシラカシの木を不思議な気分で見つめた。

3. お土産

Extra Edition

山崩れのせいで一日延びた宿泊体験だったけど、さらにもう一日は延ばせなかった。

理由は町のどこを歩いていても、グレン様が注目の的になって、ゆっくりできないから。

王弟のグレンアーノルド殿下であるということと、グリフィンを討伐したということが同時に広まっていた。

「町役場で調査団の結果を確認したときに素性を伝えたから、それだろうね」

グレン様はため息をつきつつそうおっしゃっていた。


そんなわけで、最終日の今日、トリス様とエレのお土産を買ったら帰ることになった。

わたしは、初日に見つけていたあるお店へと向かった。

そこには『温泉卵作れます』という看板がかかっている。

「お土産に温泉卵を作って持って帰りたいと思うのですが、どうでしょうか？」

わたしがそう尋ねると、グレン様は珍しくワクワクした表情になった。

こうやって見ると、若いというか幼い感じがする。

そういえば、グレン様って何歳なんだろう？

「いいね。やってみようか」

グレン様はそう言うとすぐに店内に入った。

「いらっしゃいませ～」

中に入ると恰幅の良い女の人がそう声を掛けてきた。

「温泉卵を作りたいんだが……」

グレン様は女の人に話しかけると、お金を渡して卵の入ったカゴを受け取った。

「この裏に、源泉を引いた場所があるんで、そこにカゴごと入れてくださいね。十分に加熱したら、カゴごと引き上げてください。カゴもお代に含まれているんで、そのままお持ち帰りくださいね」

「ああ、わかった」

わたしはグレン様と一緒にお店の裏へと回り、ぽこぽこと温泉が湧き出ている場所の前に立った。

「卵の入ったカゴを棒に引っかけて温泉に浸して、時間になったら取り出すんだ。浸すのと取り出すの、どっちをやりたい？」

「……浸すほうにします」

わたしは少し悩んだあと、そう答えた。

グレン様はわたしにカゴと、そばにあった棒を渡すと優しく微笑んだ。

言われたとおりに卵の入ったカゴを棒に引っかけて温泉に浸した。

温泉は浅いようで、カゴはすぐに底についた。

卵が無事なのを確認したあと、棒を外し、元の場所に置いた。

しばらくじっと卵を見つめているとグレン様が話し出した。

「思っていたより大変な宿泊体験になったね」

「そうですね。山崩れがあったり魔物が現れたりで驚きました。でも、そんな体験はしようと思ってできるものではないと思うので、それはそれでよかったと思います」

そう答えると、グレン様は一瞬驚いた顔をしたあと、わたしの頭をぽんぽんと撫でた。

「チェルシーは、いろいろ経験してどんどん変わっていくね」

「グレン様が、連れ出してくれたおかげです」

少し慣れてきた笑みを浮かべるとグレン様は眩しそうな表情をしつつ、優しく微笑んだ。

「さて、出来たみたいだよ」

しばらくして、グレン様はそう言い、棒を使って卵の入ったカゴを温泉から取り出した。

取り出した卵は湯気が立っていて、とても熱そう。

わたしとグレン様は卵の入ったカゴを持ちながら、宿へと戻った。

＋＋＋

宿を出発して半日、日が暮れる前に王立研究所の入り口に到着した。

出発前と同じようにトリス様と子猫姿のエレがいて、出迎えてくれる。

「予定より一日遅く戻ってくるとか、魔物が出たとか、心配したっすよ！」

トリス様はそう言うと眉間にシワを寄せてそう叫んだ。

「心配かけてごめんなさい。これ、お土産です」

わたしはザンカルトの町で作った温泉卵をカゴごとトリス様に渡した。

「温泉卵っすか!?　俺の好物っすよ！」

トリス様はカゴを受け取るとくるくると踊るように王立研究所へ歩き出した。

『我に土産はないのか？』

そんなトリス様を横目にしながら、子猫姿のエレがつぶやいた。

「あ、トリス様に全部渡しちゃった……」

『なんだと!?　あの勢いでは全部食べてしまいそうではないか！』

そう言うと子猫姿のエレが走り出した。

わたしとグレン様は目を合わせると互いに笑い合った。

あとがき

初めましてな方もお久しぶりな方も……どうも、みりぐらむです。

「二度と家には帰りません！」をお買い上げいただき、ありがとうございます！

この作品は小説投稿サイト『小説家になろう』にて書いたものを大幅に加筆修正……というよりも半分近く書き下ろしたものです。

新しいエピソード満載ですので、Ｗｅｂ版を読んだ方でも楽しめるものになっております。


おカタい（？）挨拶はこのあたりにして……ぶっちゃけ話をひとつ。

実は今作は多数の出版社さんから書籍化の打診をいただきました。ホントたくさん……。

その中で、オーバーラップさんだけ条件以外で、とても興味を惹かれるお話をされたんです。

それが、女性向けレーベル『オーバーラップノベルスｆ』創刊！

しかも、創刊ラインナップに加われる……なんていうおいしい話です。

こんなおいしい話を逃すはずもなく、即決した結果、今に至ります（笑）。

声を掛けてくださった担当Ｙさんに、ホント感謝してます、ありがとうございます！

ここからはお礼を述べさせてください。

イラストを担当してくださったゆき哉(かな)先生（キャラデザを見たときに、成長したグレンがあまりにもイケメンで好みだったので、本文中でいつか必ず成長させようと心に決めました）。

担当Yさん、営業さん、校正さんたち、デザイナーさん、印刷所のみなさん。

それから心の癒しであるうちのハムスター二匹とジャービルとプレコと熱帯魚とエビたち。

最後に、この本をお買い上げいただいたあなたに。

本当にありがとうございます！


この本にかかわったすべてのみなさんに、イイことがありますように！

みりぐらむ

作品のご感想、
ファンレターを
お待ちしています

あて先

〒141-0031　東京都品川区西五反田 7-9-5 SGテラス5階
オーバーラップ編集部
「みりぐらむ」先生係／「ゆき哉」先生係

スマホ、PCからWEBアンケートにご協力ください

アンケートにご協力いただいた方には、下記スペシャルコンテンツをプレゼントします。
★本書イラストの「無料壁紙」　★毎月10名様に抽選で「図書カード（1000円分）」

公式HPもしくは左記の二次元バーコードまたはURLよりアクセスしてください。
▶ **https://over-lap.co.jp/865546507**
※スマートフォンとPCからのアクセスにのみ対応しております。
※サイトへのアクセスや登録時に発生する通信費等はご負担ください。

オーバーラップノベルスf 公式HP ▶ **https://over-lap.co.jp/lnv/**

二度と家には帰りません!

発　　行　2020年4月25日　初版第一刷発行
　　　　　2020年12月3日　第二刷発行

著　　者　みりぐらむ

イラスト　ゆき哉

発 行 者　永田勝治

発 行 所　株式会社オーバーラップ
　　　　　〒141-0031
　　　　　東京都品川区西五反田 7-9-5

校正・DTP　株式会社鷗来堂

印刷・製本　大日本印刷株式会社

ISBN　978-4-86554-650-7 C0093

【オーバーラップ　カスタマーサポート】
電　　話　03-6219-0850
受付時間　10時～18時(土日祝日をのぞく)